U0108460

公主傳奇

被囚禁的公主 修訂版

18

馬翠蘿 著

新雅文化事業有限公司
www.sunya.com.hk

人物簡介

❖ 周曉星 ❖

周曉晴的弟弟，一個風趣幽默的淘氣精，不時有天馬行空的奇怪想法。

❖ 馬小嵐 ❖

來自香港的烏莎努爾公主，聰明美麗、正直善良。敢於向困難挑戰，最喜歡說的話是「天下事難不倒馬小嵐」。

萬卡

烏莎努爾公國第十九代國王，風度翩翩、英勇果敢。是國民眼中的好君王，小嵐和曉晴曉星心目中的暖心大哥哥。

周曉晴

馬小嵐的好朋友，漂亮活潑，喜歡打扮，最常做的事是和弟弟鬥氣。

目錄

第一章

穿越二千年

眼皮好重，小嵐努力地撐了幾次，都睜不開眼睛。

聽到身邊有一男一女兩個孩子在說話：

「姐姐，她是不是淹死了？」

「啊，不要啊！我們不成了殺人犯了嗎？都怪你，硬要她下河去抓什麼史前魚。幸好李四聽到我們叫喊，把她撈起來了，要不有可能連屍體都找不到呢！」

「糟了糟了，這件事如果讓爹爹知道，肯定打死我們。」

「上天保佑，別讓她死了！」

聽聲音好像是曉晴和晴星。

自己遇溺了嗎？怎麼回事？之前自己明明是在嫣明苑的泳池，游泳後躺在池邊的沙灘椅上曬太陽的，怎麼會遇溺了呢？自己是會游泳的，大江大河裏都游過，不會那麼搞笑竟然在小小的游泳池裏溺水了吧！

可是，聽這兩個傢伙的話，好像是因為給曉星抓史前魚溺水的。自己什麼時候這樣聽曉星指揮了？

肯定是這兩個傢伙閒得無聊，在裝神弄鬼！

小嵐想到這裏，決定嚇他們一下，便一下子睜開眼睛，猛地坐了起來，砰一聲跳下地。

「鬼啊！」沒想到，那兩個傢伙那麼不經嚇，只聽到撲通撲通兩聲，地上便滾了兩個大冬瓜，還是顫抖的大冬瓜。

小嵐哈哈大笑，剛要作弄一下那兩個又想使壞又怕死的傢伙，卻發現了很多不對頭的東西。

自己竟然不是在嫣明苑，而是在一間布置簡陋的房間裏。房間內只有一張木板牀和一張梳妝台，梳妝台上還有一個青銅鏡。再看看屋頂，是古老的金字架結構的。這是什麼地方啊？

再望向還在地上發抖的男孩女孩，就更覺詭異。他們分明是曉晴曉星的樣子，但曉晴明顯瘦了不少，而曉星又胖嘟嘟的，自己剛剛還跟他們一塊游泳呢，沒可能轉眼功夫他們的體形就發生了這麼大的變化。而更奇怪的是，他們身上穿的戴的，竟是如假包換的古代衣飾！

小嵐心裏咯噔一下，難道又穿越了？

小嵐睜大眼睛看着瘦曉晴和胖曉星，瘦曉晴和胖

曉星也睜大眼睛看着小嵐，過了一會，胖曉星才好像魂兒回來了，戰戰兢兢地問：「你你你你你，你是人是鬼？」

小嵐已經明白這兩人並非自己的好朋友曉晴曉星了。她皺了皺眉頭，說：「我當然是人。倒是你們倆，是什麼人，怎麼把我抓到這裏來了？」

胖曉星把小嵐上上下下打量了一番，眨了眨眼睛，轉頭對瘦曉晴說：「姐姐，她應該沒死。你看，她有影子呢！聽說鬼是沒有影子的。」

瘦曉晴顯然沒弟弟膽子大，她偷偷地看了看小嵐，陽光照在她身上，真的有影子呢，她才鬆了一口氣。

「嗯，你說得對，她應該沒死。」瘦曉晴確認之後，便拉拉弟弟，兩人爬起身，又拍拍身上的草屑。

「弟弟，她不知道我們是誰呢，可能剛才被水淹過，腦子進水了，失憶了。」

瘦曉晴鬼鬼祟祟地湊近弟弟耳邊，小聲說，「別讓她知道是我們叫她去撈魚淹着的，就說是她自己掉河裏了，是我們救了她。」

胖曉星睜大眼睛：「姐姐，你今天早餐吃了聰明菜嗎？怎麼想出這樣好的主意。」

瘦曉晴使勁掐了胖曉星一把：「死小孩！你姐我

天天都這樣聰明。」

小嵐不耐煩了：「你們少說廢話，快告訴我是怎麼回事！」

「咳咳。」瘦曉晴清了清嗓子，對小嵐說，「紫鵑丫頭，你好大的膽子，竟敢對你家少爺小姐不客氣！我惠兒不會放過你！」

胖曉星也哼了一聲：「是的，我天兒也不會饒了你！」

「惠兒？天兒？」小嵐心想，這兩傢伙果然不是曉晴姐弟。

小嵐想起了之前穿越到明朝時見過的，曉晴曉星的老祖宗小雲小吉，心裏不由一動，莫非這兩姐弟是……

她試探地問：「你家姓周？」

惠兒哼了一聲：「死丫頭，你傻啦！連主人家姓什麼都不記得。我們當然是姓周！」

小嵐無語了！好鬱悶啊，八成是又碰到周曉晴家的哪一代祖宗了！天哪，他們家族的遺傳基因可真厲害，竟然一代又一代都長得這麼像！

現在得先弄清一些情況。自己到了什麼朝代？紫鵑是誰？惠兒天兒又是什麼人？

惠兒仍在吱吱喳喳地罵小嵐，有如魔音吵耳。

小嵐不耐煩地大喊一聲：「吵什麼吵！」

　　惠兒被小嵐這麼一嗓子嚇得一哆嗦，聽話地停止了嚷嚷。姐弟倆鬼鬼祟祟地小聲嘀咕：

　　「弟弟，你有沒有覺得紫鵑丫頭變了，以前她哪敢這樣兇我們。」

　　「姐姐，你說得太對了。以前她就像一塊麵團，任我們搓圓撳扁都不敢吱聲。」

　　「我怎麼覺得現在她好像是小姐，我變成丫環了！」

　　「嗯！我也覺得自己好像成了小廝……」

　　「媽呀，不要啊！」兩人腦子裏馬上出現了他們在紫鵑丫頭的奴役下，辛苦勞作的情景。

　　不行，這顛倒了的歷史得重新回到正確軌道上來！於是，姐弟兩人同仇敵愾，誓要奪回自己失去的天堂。

　　於是，兩人的小嘴劈里啪啦劈里啪啦地對小嵐極盡憤怒聲討之能事。

　　「那麼大聲幹嗎？」

　　「你忘了自己是誰了！」

　　「……」

　　「……」

　　「閉、嘴！」小嵐氣得一跺腳。

兩姐弟嚇得一縮脖子，一齊低下頭玩手指。

小嵐說：「別再惹我，否則，我就把你們今天幹的好事告訴老爺。哼哼，那時候……」之前他們的對話，早被小嵐一字不漏地聽去了。

惠兒天兒頓時傻了。上次他們叫紫鵑上樹去掏鳥蛋，沒想到撞了馬蜂窩，令紫鵑被蜂兒叮了滿頭包，爹爹知道後把他們每人給揍了十幾下，那「藤條炆豬肉」的滋味，兩人一想起就小心肝發顫。

「站好！」小嵐又喊了一聲。

惠兒天兒馬上挺胸收肚站好。

「好好回答我下面的問話。第一，現在是什麼朝代，皇帝是誰？」小嵐問。

惠兒嘟着嘴：「你傻了嗎？連這都不知道。」

小嵐説：「我被水淹過，失憶了。」

天兒大喜，問：「失憶？那你豈不是忘了今天我們讓你下水捉魚的事？」

小嵐瞟了他一眼，説：「我本來是忘了的，但你現在提醒我了。是你和你姐姐逼我下水的。」

惠兒和天兒相看兩悲傷。惠兒心裏在吶喊：「悲劇啊，怎麼自己有一個這麼笨的弟弟呢！」

惠兒覺得還是不要激怒這翻身作主人的紫鵑，於是老老實實地回答：「現在是漢朝，我們的皇帝叫劉邦。」

果然不出所料，自己穿越了，來到了兩千多年前的漢朝。

漢高祖劉邦！這人物小嵐再熟悉不過了。不久前她寫了一篇有關楚漢爭霸的論文，還專門研究過那時代的幾個主要人物。這劉邦出身農家，公元前二〇九年在家鄉起義，參與秦末的推翻暴秦行動。公元前二〇六年，秦王子嬰投降，秦國滅亡，劉邦被當時聲勢

最大的西楚霸王項羽封為漢王。之後，是四年零三個月的楚漢之爭，也就是項羽和劉邦爭奪江山的鬥爭。後來項羽大敗，劉邦統一天下，建立漢朝，劉邦成為了中國歷史上第一個平民出身的皇帝。

劉邦之所以能夠成就霸業做皇帝，與他懂得搜羅人材、知人善用有很大關係，被後人譽為漢初三傑的張良、蕭何、韓信，就是他得天下的最大功臣。尤其是韓信，可以說劉邦得來的大半江山，都是他打下的。

小嵐暗想，能來大漢一遊，也不錯哦！

小嵐又問：「那這裏是什麼地方？」

天兒説：「這裏是淮陰。」

淮陰？！這不是韓信的故鄉嗎？記得讀小學時，小嵐還跟着爸爸媽媽去過那裏遊覽，把淮陰侯廟、韓信台、胯下橋、漂母岸、千金亭等古跡，都逛了一遍。

沒想到，自己會穿越時空，來到了兩千多年前的淮陰。

兩姐弟乖乖地回答了很多問題，小嵐基本上搞清楚了，這是漢初，劉邦剛剛稱帝不久。周惠兒周天兒是淮陰一個富商的兒女。而她自己，即紫鵑，是周家的一個小婢女。紫鵑自幼父母雙亡，是唯一的親人、

她的奶奶替人洗衣服，辛辛苦苦把她養大的。紫鵑為了減輕奶奶的負擔，長大後便去了周家做婢女，掙錢養活奶奶。

今天早上天兒在河邊看到水裏有幾條古怪的魚，他自己不敢下水，卻和惠兒兩人硬逼着紫鵑下水撈魚，沒想到紫鵑一下水就遇溺了，要不是擺渡的大叔李四跳下河去把她救了上來，她就淹死了。

小嵐心裏直嘀咕，以往幾次穿越時空，雖然回到了不同的年代空間，但自己還是自己，這次怎麼就成了紫鵑了？自己成了紫鵑，那掉進水裏的紫鵑去哪了？真令人費解。

不過小嵐向來是個心態很好的女孩，既來之則安之，既然成了紫鵑，就用紫鵑這個身分在這兩千多年前的中國來個「超時空旅遊」，見見這個年代的英雄豪傑，也很不錯哦！

記得小時候，父親馬仲元就給小嵐講過很多這朝代的故事，劉邦斬蛇起義，張良拾鞋，韓信點兵，蕭何月下追韓信⋯⋯

沒想到，自己有機會見到這些活生生的傳奇人物，哈哈哈！

小嵐不由得大笑起來。

惠兒天兒嚇了一跳，天兒說：「姐姐，紫鵑莫非

傻了？」

惠兒説：「傻了好！我們就不用怕她給父親告狀了。有誰會信一個傻子的話呀！」

「你才是傻子，你兩姐弟都是傻子！」小嵐狠狠地瞪了面前兩個傢伙一眼，「要我不告訴你們爹爹也行，但必須答應我兩件事。」

「第一件是？」

「聽我的話。」

「第二件是？」

「必須聽我的話！」

「哇，紫鵑，你好有性格哦！我一定會聽你的。你叫我説一我不會説二，你讓我吃雞我絕不吃鴨。」天兒挺狗腿地説，「我以後叫你老大好了。」

惠兒撇撇嘴，一臉的不願意：「聽就聽囉！老大！」

老大？怎麼像黑社會似的，小嵐剛要表示鄙視，卻聽到外面有人喊道：「天少爺，惠小姐！」

一個穿着僕人衣服的中年人走了進來，朝惠兒天兒作了個揖，説：「少爺小姐，你們什麼時候回來的？老爺找你們呢！」

「啊，找我們什麼事？」惠兒和天兒異口同聲地問。

兩人神色都有點忐忑，想是以為父親知道他們闖禍的事了。

　　僕人說：「鄉下的老夫人感染風寒，老爺和夫人準備去看她。這一去要好多天呢！老爺找你們去，說有事要吩咐。」

　　「啊，祖母病了！」惠兒對僕人說，「告訴爹爹，我們馬上去。」

　　惠兒又對小嵐說：「紫鵑，你不用跟我們去見爹爹了。你身體還沒恢復，就留在房間裏好好休息。」

　　小嵐「哼」了一聲。惠兒那點小心思誰不知道，她分明是怕自己向她爹告狀。

第二章

來到韓信的故鄉

　　惠兒天兒離開後，小嵐躺在牀上睡不着。任誰都會這樣呀，試想想，一個人突然來到了兩千年前，心情當然很難平靜了。

　　說起來，這韓信還是小嵐佩服的古代人物之一呢！

　　宋代史學家司馬光曾經說過：「漢之所以得天下，大抵皆韓信之功也。」後人對韓信的評價也都很高，稱他為中國歷史上偉大的軍事家、戰略家、統帥和軍事理論家。

　　歷史上流傳下來韓信很多有趣的故事。其中流傳最廣最耳熟能詳的就數「洗衣婦贈飯」、「胯下之辱」、「蕭何月下追韓信」幾個故事。

　　韓信出身於沒落貴族家庭，他性格孤傲，用現在的形容詞來形容，就是很「酷」的一個人。他自小父母雙亡，又沒有什麼遺產可以繼承，所以只能靠好心人接濟。

韓信沒錢吃飯的時候，常去一個亭長家蹭飯吃，但不久便引起亭長妻子的不滿，先是冷言冷語諷刺他，後來又故意每天提早吃飯，等到吃飯時間韓信去時，早已連碗都洗乾淨了。韓信知道人家嫌棄自己，很不開心，自此再也沒有在亭長家出現。

　　有一次，韓信幾天沒飯吃，只好跑去河邊釣魚，想用魚來熬點湯喝，誰知坐了半天都沒有魚上鈎。當時有個老婆婆在離他不遠的地方洗衣服，見到韓信餓得可憐，就把自己帶的飯勻了一半給他充飢，一連幾十天都是這樣。韓信很感動，對老婆婆表示，將來有出頭之日，必定會重重報答她。沒想到老婆婆生氣地斥責他：「大丈夫不能自食其力，還談什麼報答別人！而且，我可憐你才給你食物，並不是貪圖報答。」

　　老婆婆一番話，振聾發聵。韓信反省自己，是啊，堂堂男子漢，卻這樣胡胡混混過日子，太不應該了，於是他開始發奮學習，如餓似渴地吸收各種知識。

　　還有韓信「胯下之辱」的事，那是講他成長過程中的故事了。說的是有一次，淮城有無賴少年，常常仗着自己生得高大就欺負人。一天在一條窄巷子裏迎面碰到韓信，便有心捉弄他。無賴少年叉開兩腿擋着

路不讓韓信過去，說如果要過去，就從他兩腿間爬過去。沒想到韓信毫不在乎地彎下身子，真的從他兩腿間鑽過去了，見到的人都恥笑韓信，認為他是個膽小鬼。但誰也沒想到，韓信這樣不是因為害怕，而是為了磨煉自己一顆堅忍的心。這胯下之辱，成了他奮發的一股動力，他誓要活出精彩，活得有意義，將來出人頭地，亮瞎那些瞧不起他的人的雙眼。

韓信的青少年時期，正是秦二世胡亥當皇帝的時候，由於皇帝施行暴政，人民活不下去了，所以很多人起來造反，韓信也加入了項羽的起義軍。項羽不知道韓信的本領，只是讓他當了一名小兵，負責每天拿着武器在門口站崗放哨。

韓信不甘心就這樣下去，於是，他又轉投了劉邦的軍隊。但劉邦同樣不看好他，見他是個有文化的人，便安排他做了一個小小的治粟都尉，即是管軍糧的小官。

劉邦有個軍師叫蕭何，跟韓信接觸了幾次之後，發現他是個軍事天才，便建議劉邦重用他。劉邦心目中的韓信，仍是人們眼中的那個膽小如鼠、靠別人接濟過日子的無用鬼，所以一拖再拖，不想接納蕭何的意見。韓信很不開心，覺得此地不留人自有留人處，於是一個人悄悄地離開了軍營。

當蕭何收到韓信離開的消息時，已是當天下午了，蕭何急得要死，自個兒騎了一匹快馬，要把韓信追回來。踏着月色追啊追啊，蕭何累得只剩下半條人命時，終於把韓信追上了。韓信見到蕭何如此愛才，很感動，便跟着他回到了軍營。

蕭何馬上去見劉邦，問他：「你想要江山嗎？」

劉邦想也不想地回答：「想！」

蕭何又問：「你想做皇帝嗎？」

劉邦斬釘截鐵地回答：「想！」

蕭何說：「好，那你就封韓信為大將軍吧！」

劉邦向來倚重蕭何，見他這樣強烈推薦韓信，也只好信他一回了。於是頂住了許多人的質疑，舉行了隆重的拜將儀式，封韓信為大將軍，統領全軍。

從此之後，韓信終於有用武之地了。

韓信就像一把出鞘的寶劍，無堅不摧攻無不克。暗渡陳倉漢軍出蜀，水淹廢丘滅掉章邯，席捲黃河以北各國，魏國、趙國、代國、燕國、齊國全部被他拿下，軍隊人數也從開始的三萬來人發展到後來的幾十萬人，終於使劉邦有能力與強大的項羽對抗。

韓信終於用自己的輝煌戰績，證明了自己的能力和價值。但是，沒想到這就引起了劉邦的忌憚。而更令劉邦氣悶的是，韓信每戰必贏，而他自己卻幾乎每

場戰鬥都被對手打得大敗而逃，有一次差點連命都丟了。但是，忌憚歸忌憚，劉邦又不得不依靠韓信為他打天下。

隨着劉邦的起義軍勢力越來越大，他得到的領土越來越多，勝利在望，由於韓信功勞浩大，許多謀臣都勸劉邦封韓信為齊王，劉邦被迫接受。之後韓信指揮垓下之戰，徹底打敗項羽，全殲楚軍。劉邦終於登上了至高無上的皇帝寶座，建立了大漢王朝。

坐上皇位的劉邦對韓信更加忌憚了，他很怕有朝一日韓信造他的反，搶他的帝位，到那時他必定死無葬身之地。

但是，他又不敢馬上殺韓信，因為所有人都知道韓信在漢王朝的創建中的重要貢獻，他要殺韓信，一點理由也沒有。

於是，他決定慢慢對付韓信，先是把兵權從韓信手中奪回，又把他貶為楚王。別以為齊王和楚王都是王，其實兩者差遠了。地盤的優劣、人口的多寡、實權的大小，楚國都遠不如齊國。

小嵐穿越到漢朝時，正是韓信從齊王降為楚王的時候。

韓信接下來的命運是怎樣的呢？小嵐作為二千多年之後的人，當然很清楚了，小嵐看史書時，都曾為

這蓋世英雄落得那樣的悲慘下場感到無比惋惜。

　　沒想到自己竟有機會身在這段歷史之中，不知自己有沒有機會見到韓信，見到張良、蕭何等著名歷史人物呢？

　　小嵐正在胡思亂想，聽到外面傳來天兒的叫聲：「紫鵑老大，紫鵑老大！」

　　小嵐坐了起來，見惠兒和天兒興沖沖跑進來：「老大老大，楚王來了！咱們快去看看。」

　　韓信來了？小嵐突然想起來，歷史上，韓信成為楚王後做的第一件事，就是回淮陰探望當年幫助他的洗衣婆婆，沒想到讓自己碰上了。

第三章

楚王報恩

　　小嵐和惠兒天兒跑到了大路邊上，只見人山人海的，想來全村的老少都出來了，誰不想見見這位戰無不勝的大將軍，大名鼎鼎的楚王爺。

　　三個人像小老鼠似的，吱溜吱溜，很快鑽到人前面去了。

　　「來了來了！」人羣沸騰了。

　　「楚王來了，楚王好威風啊！」天兒喊了起來。

　　「楚王長得好英俊哦！」惠兒眼裏飛出粉紅心心。

　　「楚王！楚王！楚王……」人羣一齊喊着。

　　小嵐看着那位騎在馬上遠遠走過來的傳奇人物。之前在現代時也曾見過很多韓信的肖像畫，只是有的把他畫得胖嘟嘟的，有的又畫得他骨瘦如柴，這時見了真人，原來跟那些畫像真有天地之別。

　　眼前的韓信，有着一副壯實健美的挺拔身材，相貌英俊，氣宇軒昂，丹鳳眼、臥蠶眉，絕對是帥哥一

名。只是，只是……只是未免太酷了吧！

只見他臉上沒有一絲笑容，雙眼射出冷冽的寒光，渾身散發着拒人於千里之外的冷漠氣息。

天兒嘴巴張得大大的：「哇，酷哥哥啊，我喜歡！」

惠兒眼裏繼續冒粉紅心心：「哇，帥哥哥啊，我好愛你！」

小嵐沒作聲，只是像個好奇寶寶一樣看着韓信，過去只在書本上見過的古人，現在卻活生生出現在眼前，心裏未免生出一種怪異之感。

噠噠的馬蹄聲越來越近，在接近小嵐他們的地方停下來了。一名騎兵迎面向韓信跑去，快到跟前時翻身下馬，行禮說：「回稟王爺，您要找的兩個人帶到了。」

楚王說：「帶過來。」

兩名士兵把人帶了過來。那兩個人都臉色慘白，渾身發抖，一齊跪倒地上，一邊磕頭，一邊喊道：「王爺饒命啊！王爺饒命啊！」

圍觀的人議論紛紛：

「我認得那個年紀大的人，他就是下鄉南昌亭長。當年王爺落難時，經常去他家吃飯。後來他老婆小氣，想了個法子把王爺趕走了。」

「哦，是他呀！他老婆這樣侮辱王爺，我想王爺一定不會饒過他。」

「咦，那另一個不是曾欺負過楚王爺，要楚王爺從他胯下鑽過去的那個無賴嗎？天哪，他這回死定了！」

「是呀，胯下之辱，這讓誰都難以忍受啊！楚王爺一定會殺了他。」

天兒聲音很緊張，他問小嵐：「紫鵑老大，你説楚王爺會殺這兩個人嗎？」

小嵐早就知道結果了，所以想也沒想就説：「不會！」

惠兒説：「你怎麼知道？這麼肯定！」

小嵐説：「我不告訴你。」

惠兒瞪大眼睛：「我們打個賭怎麼樣？要是你贏了，我心甘情願叫你老大。要是我贏了，你就這輩子也不能把早上的事告訴我爹。」

小嵐聳聳肩，説：「隨便！」

惠兒心裏可得意了，她早就不忿這翻身作老大的紫鵑丫頭了。哼哼，要是危機解除了，我就好好炮製你這個死丫頭！

這時，見到韓信用馬鞭指指那亭長，説：「亭長，你當年可憐我，給我飯吃，我很感激你，可惜你

好人不做到底，你家媳婦侮辱我你也裝作看不見，有失忠厚。」

韓信朝後面一個隨從說：「把錢給他。」

隨從把一包銀子交到亭長手裏。

韓信說：「這是我在你家吃飯的飯錢，從此我們兩不拖欠。你走吧！」

那亭長聽到韓信不處罰自己，還給回飯錢，高興得馬上朝韓信磕了幾個頭，千恩萬謝地走了。

亭長走了之後，那無賴更害怕了，他渾身顫抖，一個勁地磕頭說：「王爺饒命啊，我少時不懂事，有眼不識泰山得罪了王爺，請王爺大人不記小人過，饒了我吧！王爺別殺我，別殺我！」

在場的人都屏住氣息，大氣都不敢出一下，都以為無賴這回死定了。沒想到韓信默默地瞧了無賴一會兒，說：「來人啦，扶他起來，給他一身中尉服飾，讓他在我府兵中効力。」

韓信話音一落，現場的人個個瞠目結舌，沒聽錯吧，王爺不但不殺這無賴，還給他官做！

那無賴也愣了，不敢相信自己的好運氣：「王、王爺，你真的不殺我，還給我官做？」

韓信點了點頭。

這時人羣中有人大聲問：「楚王爺，這無賴當年

這樣欺侮您，您為什麼還對他這麼好？」

韓信說：「正是他當年的所作所為磨煉了我的意志，讓我後來承受得起任何的委屈和侮辱。可以說，他是從反面激起了我的上進心和勇氣，讓我有今日的成功。因此，我不但不怪他，還要感謝他。」

眾人聽了紛紛點頭，讚歎韓信的闊大胸襟。

天兒說：「這無賴真是好命，天上掉餡餅，落到他頭上了。」

惠兒一臉的不高興，她賭輸了，以後小嵐當定她老大了。

韓信命令軍隊繼續前進，圍觀的人們意猶未盡，鬧哄哄地跟在後面。小嵐三人也隨着人流走着。

不一會兒，前面的馬隊停了下來，聽到站前面的人在議論，好像是韓信下了馬，走進了一戶人家家裏。

惠兒伸長脖子看着前面，說：「不知哪戶人家這麼幸運，可以讓楚王爺親臨呢！」

小嵐想，不用問，一定是當年給他飯吃的洗衣婆婆家。不過她沒作聲，免得讓惠兒他們起疑，為什麼自己每件事都像未卜先知似的。

天兒說：「老大，我去前面看看，一會兒給你匯報。」

天兒說完，吱溜一下沒了影。別看這小子長得胖胖的，身手倒是敏捷得像隻猴子。

　　很快，看見天兒跑了回來，他激動得小臉兒紅紅的：「紫鵑老大，紫鵑老大，楚王去你家了，找你奶奶呢！快來！」

　　小嵐一愣，啊，什麼？自己來到這時空的身分，竟然是洗衣婆婆的孫女！

　　天兒一手拉着小嵐一手拉着惠兒，往人羣中見縫就鑽，一邊鑽一邊喊着：「借借，借借，紫鵑要回家見楚王。」

　　大家都自覺地讓開一條路，讓他們過去。

　　三個人順利地去到楊婆婆門口，見到韓信正向楊婆婆深深地一鞠躬，拜謝當年贈飯之恩。楊婆婆嚇得手足無措的，只是一疊聲地說：「不敢當，不敢當，王爺請不要客氣。」

　　這時的韓信沒有了之前的冷漠，臉上滿是感激的笑容。這時他叫人送上一袋金子，說：「楊婆婆，感謝您當年的接濟，更感謝您當年的當頭棒喝，令我明白許多做人道理。這一千金，是我的小小心意。」

　　「不行不行，我、我、我……」楊婆婆急得說不出話來。

　　這時，楊婆婆發現了小嵐，馬上拉她進屋，說：

「紫鵑乖孫女，我笨嘴笨舌的不會說話，你趕緊替我推了這些錢。」

小嵐以前讀韓信故事時，就對善良的洗衣婆婆很有好感，這時見到真人，就先有了幾分敬意。加上見婆婆樣貌慈祥，便自動地代入了她外孫女的身分。

小嵐朝韓信行了個禮，說：「王爺，我奶奶當年對您的接濟，是出自善心，並不貪圖回報。您把金子收回吧！」

韓信說：「小姑娘，我也明白楊婆婆是個施恩不圖報的好人。但我同時也知道『滴水之恩，當湧泉相報』這個道理，我實在想不出別的什麼辦法報答老人家，所以只好用金子來表達謝意了。就當作一個晚輩對長輩的一點點心意吧！」

小嵐心想，這楊婆婆家境貧窮，何不代她收了這筆錢，讓她有一個安逸的晚年！於是對楊婆婆說：「奶奶，楚王爺一片心意，咱們就接受了吧！」

「不不不不不！」楊婆婆使勁搖頭。

小嵐見楊婆婆執意不收，想了想，便說：「奶奶，我們收了這筆錢，可以用來做善事啊！比如說，幫助一些貧困的小孩子……」

楊婆婆眼睛一亮，她本就是個愛幫助人的善心婆婆，但無奈自己也是窮人，所以很多時候想幫也

幫不了。小嵐的話，令她心裏一動，於是，便不再言語了。

小嵐趁機接過金子，又對韓信說：「謝謝。」

韓信就怕楊婆婆不肯收，令他沒法報答當年的「贈飯之恩」，見小嵐接了金子，不由得大大地鬆了一口氣，臉上也露出了開心的笑容。

第四章

富貴不忘本的楚王爺

　　楊婆婆請韓信留下吃飯，韓信一口答應了。這些年，尤其是當了王爺之後，他享盡榮華富貴，什麼好東西沒吃過？但在他心目中，任何的珍饈百味，都比不上當年婆婆的那些粗茶淡飯。

　　楊婆婆本來也只是客氣話，心想韓信現在已是堂堂王爺，那還瞧得起自己那些粗陋的飯菜，沒想到王爺不忘本，竟然肯留下用飯。當下老人開心得趕緊洗手下廚，忙着張羅去了。

　　小嵐本來想去幫忙，但楊婆婆手腳麻利的，她根本幫不上忙，想起還沒給客人端水，便拿了個碗，從瓦茶壺裏倒了碗涼開水，端了出去。

　　韓信正負手站在窗前，看着窗外沉思。那側影好帥氣哦！挺拔修長的身材，飛揚的眉毛，高挺的鼻子，如刀刻般堅毅的臉部線條，既有文人的儒雅，又有武將的雄姿。

　　小嵐在現代也看過好幾部以漢初為背景的電視電

影，熒幕裏的韓信，要不是太文弱，就是太粗獷，更過分的是有一部戲竟然由一個白白胖胖的演員出演。人家韓信少年時窮得常常餓肚子，要洗衣婆婆贈飯充飢，當了將軍後又馳騁沙場殺敵，運動量不知多大，怎可能胖得起來？

看，真正的韓信就該是這樣的，帥帥的，酷酷的，風流倜儻的硬漢子一名。

小嵐心想，如果手上有部相機就好了，拍張照片回去，亮瞎那些編導的眼。

韓信的隨從正拿着一些碎銀子，分發給圍觀的鄉親，然後勸他們散去了。惠兒天兒一人抓着一邊門框，死活不肯走，見到小嵐出來，惠兒大喊：「紫鵑老大，快告訴這些兵哥哥，我們是你的跟班，讓他們別趕我們走！」

小嵐心裏好笑，這小妞，為了看帥哥，竟心甘情願認老大了。

她對韓信的隨從說：「他們是我朋友，讓他們留下吧！」

這惠兒天兒免於被趕，卻又馬上忘了老大，兩人挺狗腿地湊到韓信跟前，天兒馬屁拍得挺熟練：「楚王爺，我天兒對您的敬意，就像長江之水啊滔滔不絕……」

惠兒眼裏冒着粉紅心心，蚊子般地小聲哼哼：「嗯嗯，楚王爺，我對您的愛慕，就像⋯⋯就像蜜蜂見了鮮花⋯⋯」

韓信轉身，看了兩人一眼，沒理他們，徑自走到矮榻前盤腿坐下。看來大帥哥並不喜歡吹牛拍馬，兩隻小狗腿拍錯馬屁了。

小嵐把水端到韓信面前：「楚王爺，喝口水潤潤嗓子。」

「謝謝！」韓信看小嵐的眼神，比看別人多了一點暖意。也許是因為她是恩人的小孫女，也許是因為小嵐清麗脫俗的外表。

當下他接過碗，喝了一大口，又對小嵐說：「紫鵑，你別再叫我王爺了，喊我韓大哥吧！你奶奶有恩於我，今後我就把你當小妹妹看待。」

小嵐也不忸怩，說：「好的，韓大哥！」

在大漢功臣裏，小嵐向來認為，韓信是最為重要的一個。可以說，沒了韓信，劉邦很大可能無法在楚漢爭霸中獲勝，建立漢朝。小嵐最為佩服的，是韓信的軍事頭腦。

因為養父母都是考古工作者，耳濡目染，所以小嵐也很喜歡研究歷史。眼下有了和古人面對面交流的機會，怎可以白白放過。所以她落落大方地坐到韓信

對面，大眼睛撲閃撲閃的，說：「韓大哥，我真佩服您，我研究過您所打過的主要戰役，出陳倉定三秦、擒魏國、破代國、滅趙國、降燕國、伐齊國，還有垓下破項羽，每一場戰役都堪稱經典呢！」

韓信聽到小嵐一點不打頓地數出他指揮過的主要戰役，不禁驚訝地揚起了眉毛。要知道，這年代的女孩子，都是三步不出閨門，平日接觸的也只是家庭細務，沒想到這洗衣婆婆家中，卻有一個如此見多識廣的女孩。

韓信：「哦，紫鵑，你知道這些戰役？」

小嵐充滿自信地說：「不是知道，是很熟悉。」

韓信對這小姑娘更感興趣了：「好，那我考考你，你覺得哪場戰役打得最好。」

小嵐想也沒想，說：「『背水一戰』那場！靈活用兵，出奇制勝，速戰速決，最終以少勝多。哇，真是前無古人，後無來者，棒極了！」

韓信大吃一驚，沒想到這小姑娘不但知道這些戰役，連這些戰役的精彩之處都分析得這樣透徹。

他又問：「那你覺得，哪場戰役的意義最重大？」

小嵐說：「當然是『垓下之戰』了。這是楚漢相爭中決定性的戰役，它既是楚漢相爭的終結點，又是

漢王朝繁榮強盛的起點，更是中國歷史上具有里程碑意義的轉折點，它結束了秦末混戰的局面，統一了天下，奠定了漢王朝的千秋基業。」

韓信眼睛瞪得大大地看着小嵐，心裏感到異常震驚。能說出垓下之戰當前意義的不乏其人，但能高瞻遠矚地說出它對中國歷史的貢獻，這還是第一次聽到。這女孩子的心胸和眼界該有多寬多廣，才能說出這樣的話啊！

「韓大哥，沒有人比您更適合『戰神』這一稱號。」小嵐真誠地朝韓信豎起大拇指。

韓信不由得起身，朝小嵐一揖：「紫鵑，謝謝你對大哥這麼高的評價！」

小嵐慌忙起身回禮，說：「韓大哥，我只是說出了一個事實。」

堂堂楚王爺竟然給小嵐施禮，惠兒和天兒都看傻了。天哪，這紫鵑丫頭發生什麼事了？怎麼今天讓水淹了一回，醒來全變了。現在竟然和鼎鼎大名的楚王爺談論兵法，還讓楚王這樣敬重。

天兒眼睛咕碌碌轉了幾圈，甚至有了一個念頭——好不好等會也跳進河裏淹自己一下下，說不定被救上來後，也能像紫鵑這樣腦瓜開竅了。

但萬一真的淹死了呢？他打了一個寒顫，又放棄

了這個念頭。

這時小嵐又問了韓信一個問題：「韓大哥，我很好奇，您用兵如神，您的兵法是從哪裏學的？您的老師又是誰？」

小嵐之前曾在論壇上和一班「韓信迷」討論過這個問題，還在網上引起廣泛的討論，參與討論者有幾萬人。

有人說秦國首相尉繚是韓信的老師。尉繚是傑出的軍事家，他所著的《尉繚子》一書，在古代就被列入軍事學名著，受到歷代兵家推崇。

有人說韓信的老師就是他的母親。據說他母親是一位受過中華民族傳統美德薰陶，堅毅卓越的非凡女子，她教育韓信牢記國破家亡的教訓，韜光養晦，胸懷大志。在母親指點下，韓信熟讀兵法，終於成材。

也有人說韓信是天生的無師自通的軍事奇才。

有人說，是韓信得了神仙送的一本兵書……

韓信聽了小嵐的問題，笑了笑，說：「這個嘛，應該說是在我母親的督促下，本人努力讀書得來的知識。」

小嵐情不自禁地朝韓信翹起大拇指，說：「自學成材！韓大哥，您好棒啊！」

「說起來，也是陛下的信任，要不是陛下當時給

機會我，還拜我為大將軍，讓我掌握軍權，我空有一身本事也無法施展。」韓信説。

小嵐看看韓信，見他説話時眼神清明，一臉坦誠，不像是講違心話的樣子。心想，看來韓信對劉邦的感激是出自真心，可惜那劉邦以小人之心度君子之腹，冤枉了好人。

這時楊婆婆在廚房裏喊了起來：「紫鵑，快來拿湯餅。」

「來了！」小嵐答應着跑進了廚房。

只見楊婆婆把煮好的食物用勺子放進碗裏。小嵐看了一下，見是黏糊糊的水裏浮着些麵片，不由得心裏嘀咕，啊，這就是漢朝人作為主食的「湯餅」？怎麼跟後世的餅沒一點相似呢！

這簡單的湯餅，想來就是楊婆婆能拿得出手的家裏最好的東西了，可想而知這個家是多麼的窮困。

小嵐把一大碗湯餅放到韓信面前：「韓大哥，請用湯餅。」

婆婆也跟着出來了：「王爺，咱家窮，沒什麼好東西招待您，您就將就着吃吧！」

韓信聞了聞那碗熱氣騰騰的湯餅，説：「這就很好啊，挺香的。」

韓信張嘴吃了一大口，連説：「好吃，好吃！」

他發現其他幾個人站在旁邊看着他吃，忙說：「咦，你們怎麼不吃呀？」

楊婆婆說：「我們的等會再做。王爺事忙，您先吃。」

韓信看了看等在外面的那隊士兵，沒再說什麼，低下頭「呼哧呼哧」，很快把一大碗湯餅吃完了。

吃完把嘴一擦，說：「謝謝楊婆婆，本王很久沒吃得這麼痛快了。」

婆婆見韓信當了王爺卻沒嫌棄她窮，還像多年前那樣喜歡她煮的食物，高興得直擦眼淚。

小嵐看在眼裏，也挺感動的。看一個人的人品好不好，其中一點就是看他有沒有忘本。這韓信富貴還鄉，卻不忘當年婆婆贈飯之恩，饋贈千金是顯示他的有恩必報，不嫌棄婆婆粗陋的飯食是不忘本，足可以看出他的為人。

韓信吃完湯餅，對婆婆說：「楊婆婆，本王要回去了，謝謝你的食物。」

楊婆婆說：「唉呀，謝什麼，您不嫌棄我已經很開心了。」

「本王有一個心願，希望婆婆成全。」韓信看了小嵐一眼，又對楊婆婆說，「本王跟紫鵑一見如故，很是投契，很想認她為義妹，不知婆婆同不同意？」

楊婆婆説：「王爺這樣看重紫鵑，是紫鵑的福分，我哪有不同意的道理！」

　　韓信聽了很歡喜，忙看向小嵐，看她意見如何。

　　能成為戰神的義妹，很不錯哦！小嵐當然不會拒絕，於是爽快地喊了一聲「大哥」，喜得韓信眉開眼笑。

　　惠兒和天兒羨慕得口水都快流出來了，眼睛不斷地向韓信拋小星星，希望也有此榮幸，可惜韓信視若無睹。當然啦，一向給人酷酷印象的楚王爺，哪會隨隨便便認親認戚哦，省省吧！

　　韓信臨走時對小嵐説：「紫鵑，有時間的話，跟你奶奶一塊來我府上玩。」

　　小嵐點點頭説：「好的，一定來。」

　　小嵐並不是説客套話，她會去找韓信的，因為她已經決定做一件改變歷史的大事，她要救韓信。

第五章

在大漢的慈善事業

　　韓信走了以後，小嵐跟婆婆商量怎樣使用韓信送的一千金。惠兒和天兒賴着不走，他們可是認定小嵐做老大了。

　　當下，惠兒和天兒兩人看着那黃澄澄的一千金，眼睛放光芒。即使是生在富貴人家，他們也沒試過一下子見到這麼多金子呢！

　　惠兒說：「哇，可以買很多漂亮衣服了。」

　　天兒說：「哇，可以買很多好東西吃了。」

　　這兩姐弟，一個貪靚，一個貪吃，怎麼愛好都跟曉晴曉星一樣！

　　商量結果是準備開辦一家孤兒院。楊婆婆說，要讓那些沒飯吃沒地方住的孩子過上快樂日子。

　　小嵐首先悄悄地幫楊婆婆買了一間房子，因為楊婆婆的房子殘破得一下雨都會漏水，實在不能住人了。她又請了兩個傭人，專門照顧楊婆婆的起居，楊婆婆年紀越來越大，不能讓她再去幫人洗衣服掙錢

了。這樣安排，小嵐即使不在楊婆婆身邊，也不擔心楊婆婆的晚年沒人照料。

剩下的大部分錢，小嵐就開始籌劃她在漢代的慈善事業。辦孤兒院，這事小嵐在現代時做得多了，不過那時小嵐只是出出主意策劃一下便行，具體事情自有助手們搞定。而這次，就差不多事事要小嵐親力親為了。

惠兒天兒兩個小跟屁蟲倒是毛遂自薦要幫忙，只是成事不足敗事有餘，好事做了沒幾件，倒忙卻幹了不少。還喜歡一天到晚在小嵐耳邊「嗡嗡嗡」地淨出餿主意，氣得小嵐真想一腳把他們踹到河裏陪史前魚去。

經過多日奔波，小嵐買了一間有庭院有小花園的大房子做孤兒院用。接下來就是裝修，忙得不亦樂乎。小嵐總算給惠兒天兒找了個工作，讓他們在裝修現場做「監工」。從此這兩人一天到晚呆在大房子裏狐假虎威、上躥下跳的，小嵐的耳根才有了清靜的機會，好好地計劃接下來如何做。

小嵐想，這孤兒院今後的費用應該不菲，孩子們吃的、穿的、買日常用品以及讀書寫字都要花錢，請人照顧這些孩子也要錢，以楊婆婆一人之力怎能應付這些長期開支呢？得想個錢生錢的辦法，用剩下的錢

做生意。不過，小嵐沒做過生意呢！好在這時惠兒天兒的爹爹回來了，他可是做生意的高手啊！

聽到小嵐說要找父親幫忙，那兩姐弟高興得馬上屁顛屁顛地帶着小嵐上他們家去了。

見到以前斂首低眉只會唯唯諾諾的小丫頭突然變得如此自信，周伯父覺得驚訝極了。仔細瞅瞅，丫頭還是那個丫頭，怎麼脾性變化那麼大呢？心想也許是這丫頭的奶奶成了楚王爺的恩人，楚王爺的支持給了她勇氣的結果吧！

周伯父是個開明的商人，他痛痛快快地跟小嵐解除了僱傭合約，紫鵑從此再也不是周家的丫頭了。聽到小嵐要做生意，以應付日後孤兒院開支，周伯父也十分支持，還答應把找舖面請工人的事包了，至於做什麼生意……

惠兒搶着建議：「開布料舖好！」

天兒卻不同意：「開飯店好！」

小嵐靈機一動，開飯店？這主意不錯哦！好啊，就開飯店！小嵐來了漢代短短時間，就發現這年代的菜式十分單調，而且大多味道不好。如果自己開家飯店，用現代菜式作招徠，保證客似雲來。

說幹就幹。於是，在周伯父的幫助下，一間名叫「食得樂」的飯店開張了。小嵐憑着記憶，把現代一

些菜式的做法寫下來，又教飯店的廚師做。説實話，小嵐廚藝也不怎麼樣，但是在二千年前的漢代，她那「三腳貓功夫」已經算是大廚級別了。很快，飯店遠近聞名，生意好得應付不了。每天來吃飯的人絡繹不絕、大排長龍，小嵐培養出來的幾個廚師一天忙到晚，也滿足不了慕名而來的食客。小嵐只好用預訂方式，結果預訂的都要排一個月才能輪到。

小嵐很有成功感，從來沒做過生意，結果一做就成功，她甚至想，回到現代時不如也弄間飯店玩玩。

不過最開心的還數天兒，這饞嘴貓幾乎天天到飯店蹭吃的，美其名曰「試食」。不過結果是小胖子的身子又脹了一圈。

而孤兒院也開始運作，接收了一百名流落街頭的苦孩子入住，小嵐看着那些原先穿得破破爛爛、臉黃肌瘦瀕臨死亡邊緣的孩子變得健康活潑，心裏充滿了喜悅。好啦，楊婆婆安頓好了，孤兒院也走上正軌了，小嵐可以進行她的下一步計劃了。

這時，離韓信之前回淮陰的時間已過去半年了。小嵐記得，歷史上的韓信，在離開淮陰七個月後就被劉邦抓了。這是劉邦在做皇帝以後對韓信的第一次傷害，劉邦以在楚國西部邊境陳縣會見眾諸侯為名，召韓信去見駕。當韓信應召前往時，就馬上被劉邦以

「謀反」罪抓了，從封地押解回京都。之後因查無證據，便把他降為「淮陰侯」，放在京都劉邦眼皮底下，每天都被人監視着，戰戰兢兢地過日子，也不知懸在頭上那把刀何時落到頸上。

而幾年之後的第二次傷害，是劉邦的皇后呂雉設下圈套，直接把韓信殺了。

之前讀歷史，小嵐就對韓信這個人很有好感，而這次經過接觸，就更覺他是個好人。光看他回淮陰做的幾件事，對當年侮辱他的無賴以德報怨，對幫助過他的洗衣婆婆湧泉相報，就知道他是個胸襟廣闊、知恩圖報的人。

小嵐決定離開淮陰了，她要阻止韓信去陳地見劉邦。因為如果韓信留在封地，憑着自己在封地的勢力還可以令劉邦有所忌憚，但一被抓回京都，那就像被剝掉牙齒後關在籠中的老虎，無法支配自己的命運了。

跟楊婆婆相處了半年，小嵐已經跟這位善良的老人有了感情，但是又不得不離開。自己終究要回現代的，希望自己在漢朝消失的那一天，真正的紫鵑會回到楊婆婆身邊吧！

跟楊婆婆説要去韓信那裏玩，楊婆婆很支持。讓小孫女到外面見見世面，長長見識，這是好事呢！

惠兒天兒死活纏着小嵐要跟着去，像兩隻蒼蠅一樣，一天到晚在小嵐耳邊「嗡嗡嗡嗡」地唸叨着。小嵐鬱悶得直想找個蒼蠅拍子，把他倆拍沒了聲音。

　　後來兩人還是留下了，因為小嵐鄭重地把飯店委託給了他們管理。這兩傢伙這輩子恐怕第一次有人把這麼重要的責任交託，這極大地激起了他們的榮譽感和責任感，馬上便掄胳膊叫口號表決心，發誓要打造一間全天下最好的飯店。

　　別以為小嵐就真的放心把飯店交給這兩個傢伙，這可是楊婆婆和一百名孤兒生活上的經濟來源啊，萬一讓他們敗光了怎麼辦！小嵐看中的是他們的爹爹周伯父，周伯父肯定會成為他們背後的參謀的。嘻嘻，我們的小嵐可是狡猾狡猾的。

第六章

發錢寒的小王子

　　小嵐告別了楊婆婆和惠兒天兒，還有周伯父，起程去楚王府了。

　　周伯父挺細心的，特地派了一輛馬車送小嵐去，路程不短呢！

　　直到小嵐被馬車顛得頭昏腦脹時，楚王府終於到了。

　　小嵐謝過馬車夫，讓他回去向周伯父交差，自己就向楚王府門口走去。門口兩個手執武器的家丁攔住了小嵐，小嵐説：「我叫紫鵑，來見王爺的，麻煩代為通傳。」

　　「小姑娘，請稍等。」一名家丁轉身走了進去。

　　小嵐正在門口百無聊賴地等候着，忽然聽到一聲高呼：「姑姑！」

　　是個小男孩的聲音。

　　小嵐發現聲音是從楚王府裏面傳出的，扭頭一看，只見一個大約五歲的男孩子，身穿藍色小袍服，

腳蹬一雙紅色小靴子，隨着小短腿的快速移動，直向大門口奔來。

小嵐看了看自己周圍，除了站在門口的家丁外，只有自己啊，哪裏有什麼「姑姑」。

這時小男孩已經越過門檻，跑到她身邊了，小嵐還沒回過神來，小男孩已經一把抱住她的腿，抬頭看着她，嘴裏甜甜地繼續喊着：「姑姑！」

小嵐心裏好鬱悶啊，姑姑？所有比自己小的孩子都叫自己小嵐姐姐的呀，還從來沒有這樣喊過自己呢！姑姑？好像很老啊！

小嵐低頭看了看面前的男孩子，好漂亮的小正太！漂亮可愛的臉上，長着一雙黑寶石般的眼睛，小鼻子挺挺的，嘴巴小小的，蘋果般的小臉，令小嵐有咬一口的衝動。

面對這樣的一個小寶貝，小嵐還可以生氣嗎？她彎下身子，柔柔地説：「我是姐姐，叫我姐姐。」

沒想到小正太固執地搖搖頭説：「不，你是姑姑，我要叫你姑姑！姑姑姑姑姑……」

天下事難不倒的馬小嵐竟然栽在一個小屁孩手裏了。她看着小正太，一臉的無奈。

這時小正太挺委屈地説：「姑姑，我恪兒這麼聰明，怎麼會搞錯呢！父王告訴過我，他有一個叫紫鵑

的妹妹，恪兒以後見了要叫她姑姑。」

啊，原來這小傢伙是韓信的兒子！他說得沒錯啊，韓信認了自己作義妹，那他兒子真的要叫自己姑姑呢！

小嵐無奈地認了：「對對對，恪兒很聰明，是姑姑自己搞錯了。」

恪兒咧嘴笑了起來：「不是嘛！姑姑真笨。」

噢噢噢，小嵐徹底無語了，還從來沒人敢說小嵐公主笨呢！

「小姑姑！」幸好善解人意的恪兒在姑姑的前面加了個小字，「父王不在家，娘親早上起來有點不舒服，在房間裏躺着。恪兒先帶你去見見娘親，然後帶你去玩兒。」

「好啊，謝謝恪兒。」

恪兒拉着小嵐走了幾步，又停了下來，他問：「小姑姑，你有錢嗎？給點錢我好嗎？」

啊！小嵐打了個愣。楚王府的小王子，應該是錦衣肉食，富貴逼人，怎會一開口就問人要錢呢？

小嵐從口袋裏拿出一把銅錢，給了恪兒。

「哈哈哈，好多錢哦！謝謝小姑姑！小姑姑真好！」恪兒高興得兩眼閃着小星星，把錢一個一個地數着，「一、二、三、四……」

小嵐瞠目結舌，怎麼神一樣的韓大將軍，生了個發錢寒兒子！

　　這時恪兒蹬蹬蹬跑到其中一個守門家丁身邊，把錢遞到他面前：「石大叔，這錢給你，拿回去給你媽媽抓藥。」

　　「不行不行，小王爺，這錢我不能要！」那家丁慌忙搖頭。

　　「石大叔，你再這樣，恪兒會很不高興的哦！」恪兒硬把錢往家丁的手裏塞。

　　另一名家丁笑着對小嵐說：「小王爺心地真好。自從早上聽到老石說母親病重，治病的錢不夠之後，他就到處問人要錢，要了就送給老石。」

　　原來是這樣！小嵐這才明白過來。她不禁也為這小孩的善心所感動了。

　　這時聽到老石哽咽着說：「剛才王爺出門時，已給了我一筆錢，我娘治病的錢已經夠了。小王爺，老石謝謝你了。」

　　恪兒可不管老石說什麼，硬是把錢放進了他手裏，然後才高興地拉着小嵐走進王府。

　　小嵐朝小傢伙豎起大拇指，恪兒得意得搖頭晃腦的：「父王自小就教我，『老吾老以及人之老』，我不但要孝順父王和母親，還要關心別人的長輩哦！」

小嵐摸摸恪兒的小腦袋，讚道：「真是個好孩子！」

　　恪兒把小嵐帶進一間布置雅緻的卧室，一張掛着紗帳的牀上，斜斜地靠着一個女子。恪兒蹦跳着跑到牀前，説：「娘親，紫鵑小姑姑來了。」

　　站在旁邊的一名丫環把紗帳撩起，掛在鈎子上。小嵐清楚地看到了楚王妃的樣子，只見她年約二十三、四歲，生得眉清目秀的，是個十分漂亮的女子。

　　「哦，是紫鵑妹妹來了。」楚王妃説着想坐起來。

　　小嵐上前一步，按着楚王妃不讓她起來：「王妃姐姐，你不舒服，就別起來了。」

　　「噢，既是自家妹子，我也不客氣了。紫鵑妹妹，你坐。」楚王妃又吩咐丫環，「秋嬋，你去告訴王管家，馬上給小姐收拾一間向陽、寬敞的客房。」

　　恪兒爬到牀上，用小手摸着母親的臉，説：「娘親，你頭昏好點沒有，讓恪兒再給您揉揉。」

　　楚王妃愛撫地摸摸恪兒的小臉蛋，説：「恪兒真乖。恪兒一大早給娘親揉過，娘親已經好多了，不用再揉了。」

　　「啊，真的。恪兒真厲害！」恪兒自吹自擂，一

副得意的樣子。

「王爺出去辦事，要過幾天才能回來。等明天姐姐好點，我就帶你出去，到處玩玩。」楚王妃又説，「上次王爺回淮陰，我就想跟着去親自向楊婆婆致謝的，只是不放心留恪兒在家。」

小嵐説：「王妃姐姐不用客氣。韓大哥已經把誠意送到了，我還沒好好謝謝哥哥留下一千金呢！那筆錢不但解決了我奶奶的生活起居問題，還讓一百名孤兒生活有了保障。」

王妃聽小嵐説了辦孤兒院的事，對小嵐兩婆孫的善舉很是佩服。她説：「以後如果孤兒院出現困難，你一定要告訴王爺，不管是人還是錢，我們都可以提供。」

小嵐笑着説：「謝謝王妃姐姐。我們用剩下的錢開了家飯店，用飯店的收入來維持孤兒院開支，目前還可以應付。如果以後有問題，我一定找王爺和王妃姐姐幫忙的。」

王妃笑着點點頭，對這個説話得體，辦事又有分寸的女孩子很是好感，她笑着説：「紫鵑妹妹，我叫殷嬙，你以後叫我嬙姐姐好了。」

小嵐點點頭，説：「好的，嬙姐姐。」

小嵐看看臉色有點蒼白的楚王妃，又關心地問：

「嬙姐姐，您覺得哪裏不舒服？有請大夫來看看嗎？」

殷嬙說：「昨天晚上睡不好，老做惡夢，早上起來覺得有點頭昏。不是什麼大病，大夫不必請了，躺躺就好，妹妹不要擔心。」

兩人又聊了一會兒，小嵐見殷嬙有點疲倦，便說：「那嬙姐姐好好休息吧！我先出去了。」

殷嬙說：「也好，你路上辛苦了，回房間換件衣服休息一會兒，晚飯我們一塊吃。」

殷嬙吩咐秋嬋帶小嵐去收拾好的客房。

恪兒大聲說：「小姑姑，我要唱兒歌哄娘親睡覺，等娘親睡着了，我就來找你玩兒。」

啊，這小傢伙，可愛得直讓人一顆心都要融化了。

秋嬋恭敬地把小嵐帶到客房，說：「小姐，您就住這裏，櫃子裏的衣服是王妃給你做的，本來要送去淮陰給你，現在正好給你替換。還有什麼缺的，儘管告訴奴才。另外，王管家準備撥給您兩名丫環，她們等會就到。」

說是客房，也是一個大套間，有一個客廳、一間卧房、一間書房，一應日常用品俱齊備。小嵐見秋嬋年紀比自己大，就說：「謝謝秋嬋姐姐。也代我謝謝

王管家。」

　　秋嬋見小嵐叫自己姐姐，又是感動又是不好意思：「小姐，您真客氣。」

　　秋嬋走後，小嵐梳洗了一下，又換了件王妃給做的新衣服，沒想到，大小還剛好呢！走出客廳時，見到一個小人兒已正正經經地坐在那裏，正是小正太恪兒。

　　「小姑姑小姑姑，我帶你去射箭。」恪兒揚揚手裏的一把小弓箭，又拉着小嵐的手，把她往外面拉。

　　小嵐跟着恪兒來到院子裏，見到牆邊放着一個箭靶，比正常的箭靶要小些，應該是恪兒專用的。

　　「這弓箭和箭靶，都是父王親手給我做的。我父王是不是很厲害？」恪兒一臉的驕傲。看得出來，父親是他心目中的偶像。

　　恪兒從箭袋裏拿出一枝箭，拉弓搭箭，向箭靶一射。哈哈，恪兒的箭術還不錯呢，那枝小箭射進中間那個大圓圈，雖然不是正中靶心，但也不錯了。

　　恪兒並不滿意，又一連射了幾箭，但每次都未能達到最佳成績，這令他很是懊惱：「小姑姑，你信不信，恪兒昨天還射過靶心的。今天射不好，那是因為我的手受了傷。」

　　恪兒捋起袖子，把小胳膊伸到小嵐面前：「小姑

姑你看，上面長了很多紅點點。哇，好痛呢！」

小嵐一看，忍不住要笑。什麼受傷，只不過是被蚊子叮了幾個小紅點而已。為了不打擊恪兒的自尊心，便附和着：「真的受了傷哦！怪不得射不中靶心了。」

「嗯嗯嗯。」恪兒使勁點頭。他又把弓交給小嵐，説，「小姑姑，你射射看。」

「好！」小嵐接過弓，拿了一枝箭搭在上面，嗖的一下射了出去。

也許是不習慣用這小弓小箭，箭嗖一聲，只射在靶的邊緣，還沒恪兒射得好呢！看着小嵐懊惱的樣子，恪兒用手捂着嘴「嘻嘻嘻嘻」笑得很開心。

看見小嵐瞪他，他踮起腳，用小手拍拍小嵐的背，説：「箭沒飛到靶外面，就是好事。小姑姑別洩氣哦！」

八成是他的王爺老爸曾經這樣跟他説過，他照搬給小嵐了。

小嵐又拿起一枝箭，要繼續射，卻聽到王府外面一陣嘈雜聲音，好像來了很多人。正在奇怪，又聽到一陣慌亂的腳步聲由遠而近，一看，是守門的家丁老石。只見他一臉慌張，好像發生了什麼天大的事情。

第七章

被軍隊重重包圍

小嵐叫住老石，問：「石大叔，發生什麼事了？」

老石停下腳步，喘着氣説：「小姐，不得了啦，有很多手持武器的人包圍了王府，看樣子是朝廷的軍隊！我得趕快稟告王妃。」

老石説完，又跑走了。

小嵐大吃一驚，有軍隊包圍王府！她知道歷史上韓信在這年的十二月被劉邦以謀反罪逮捕，可現在才十一月中旬呀，難道是史書寫錯了？

咦，之前聽到韓信有事外出，因為總以為時間未到，所以也沒問他到底去了哪裏。當下她馬上問恪兒：「恪兒，你父王去什麼地方了？」

恪兒好像被老石説的王府被包圍一事嚇呆了，眨着眼睛挺困惑的樣子，好像在想被軍隊包圍是好事還是壞事。小嵐又問了一次，他才回答：「父王跟我説過，好像叫……叫什麼陳縣。」

陳縣！

小嵐心裏一沉，果然是事件提前發生了！

都怪自己因為要在淮陰安排事情，拖到現在才來，如果早幾天，就可以制止這事發生了。小嵐一頓腳，心裏懊惱極了。

恪兒拉拉小嵐的手，仰頭問：「紫鵑姐姐，為什麼軍隊會包圍我們家呢？是跟我們玩打仗遊戲嗎？」

小嵐摸了摸他滿是困惑的小臉，心裏很痛。她實在不知道該怎樣跟這天真可愛的小朋友説，這些人是來抓他們的，只好説：「恪兒，我們找你娘親去。」

這時，又聽到一陣紛沓的腳步聲，是楚王妃殷嬌領着一羣家丁來了，她雖然一臉病容，但眼中卻是充滿堅毅和鎮定。小嵐心裏不由得讚歎，不愧是一代戰神的妻子！

殷嬌見到小嵐，説：「紫鵑，對不起，你剛來就遇到這種事。如果姐姐出了什麼事，就勞煩你替我照顧恪兒。」

「放心吧，嬌姐姐。」小嵐用堅定的眼神回望殷嬌，説，「嬌姐姐，不會有事的。」

殷嬌朝小嵐點了點頭，對她的安慰表示感謝。

按史書記載，韓信這次是有驚無險，劉邦把韓信帶回京城後只是監視起來，並沒有殺他。

不過，小嵐心裏還是有點不踏實，既然今次事件的時間會提前，誰知道歷史會不會有變，變成劉邦這次就殺了韓信。都是那劉邦不好，為什麼要這樣對待一位開國功臣呢！

小嵐拉着恪兒的手，跟在楚王妃後面走到大門口，只見門外一層層站滿了士兵，楚王府被圍得大概連隻小鳥也飛不出去了。

殷嬙站在門口，皺了一下眉，對正站在士兵隊伍前面的一名將軍喊了一聲：「錢將軍。」

那個將軍見到王妃，登時一臉尷尬。他上前作了個揖，說：「末將錢延拜見楚王妃。」

殷嬙說：「錢將軍為什麼要帶兵包圍楚王府？」

「末將也是奉命而來，王妃請原諒。」錢將軍猶豫了一下，又說，「楚王密謀造反，已在陳地被陛下抓了起來。末將奉命前來，把楚王妃上下一干人等，即時押解回京。王命在身，不能耽誤，請王妃馬上動身，隨末將回京。」

「謀反？！」殷嬙驚呼一聲。只見她身體搖晃了兩下，往後就倒。

幸好身後的小嵐和丫環秋嬋同時出手扶着，殷嬙才不致於摔倒地上。

「謀反？怎麼會呢？王爺絕不會這樣做的。」殷

嬙臉色慘白，嘴裏喃喃地說。

　　小嵐見王妃這樣子，便對錢將軍說：「錢將軍，王妃本來就有病，現在又受了這麼大的刺激，如果現在馬上上路，她身體會受不了的。相信將軍曾經跟着楚王爺沙場征戰，知道王爺是個怎樣的人。請你念在王爺份上，讓王妃休息一晚再走。」

　　錢將軍歎息一聲，說：「末將身分低微，沒法為王爺做些什麼。好吧，即使回去受罰我也認了，就讓王妃好好休息一晚，明天一早再起行吧！」

　　「謝錢將軍！」

　　小嵐急忙把殷嬙扶回房間。

　　殷嬙臉色慘白，眼裏淚如雨下。她一把拉住小嵐的手，說：「王爺對大漢赤膽忠心，怎麼會謀反呢？妹妹，為什麼會這樣？為什麼會這樣？」

　　「姐姐，你別太傷心，身體要緊！」小嵐扶着殷嬙讓她躺在牀上。

　　恪兒用小手替母親擦眼淚，一邊擦一說：「娘親別哭，娘親別哭。都是那個壞叔叔不好，孩兒現在就去揍那個壞叔叔一頓，給娘親報仇！」

　　恪兒說完，握着小拳頭就要往外面走。殷嬙見了，急得用手撐起身子，叫道：「恪兒，別去！」

　　恪兒小臉脹得通紅，眼裏含着淚，卻又忍着不讓

掉下來：「我要去，我要去，誰叫那壞叔叔欺負我娘！誰叫他說父王壞話！」

小嵐把恪兒抱在懷裏，好一陣心痛。恪兒太小了，今天發生的事太複雜，很難給他解釋，只能安撫他說：「恪兒知道心痛娘親，維護父王，恪兒真是個好孩子。沒事的，那些人只是誤會了你父王，明天我們就上京城去，告訴所有人，你父王是個最好最好的人。現在你最重要的任務是照顧娘親，你父王不在家，你就是家裏的男子漢，知道嗎？」

恪兒皺着小眉頭，想了一會，然後鄭重其事地點了點頭。他轉身坐到牀上，拉起殷嬙的一隻手，貼在自己臉頰上：「娘親不哭，娘親有恪兒呢！娘親快點好起來，我們明天一起上京城。要是那壞叔叔再來欺負你，我就給他一拳頭。」

恪兒伸出小拳頭往前一伸，嘴裏「嘿」了一聲。

「恪兒真乖！」殷嬙臉上露出一絲笑意。

趁着恪兒跟王妃母子情深，小嵐走出王妃卧房門口，見到王管家和一班丫環家丁圍了一大堆，個個驚慌失措，有幾個小丫環還哭了起來。

「你們好。你們可能有些人認識我，但有些還不認識。我是楚王爺的義妹，今天剛好來這裏看望哥哥。」小嵐看了人們一眼，見他們漸漸安靜下來，又

説，「大家不要慌亂，天塌不下來的。大家回去，收拾簡單行李，明天一早我們就和王妃一起進京。」

有個丫環哆嗦着問：「小姐，我們會被殺頭嗎？」

也難怪小丫頭這樣害怕，如果韓信真是謀反，那不但他自己要死，他的家人要死，就連他王府裏的傭人也要死。

小嵐笑笑説：「是呀，如果王爺真是謀反的話，大家都不能倖免。但是，你們覺得王爺會是想要造反的人嗎？王妃是想要造反的人嗎？這只是一場誤會而已。沒事的，你們放心吧！就當是去京城旅行好了。」

小嵐知道歷史，韓信這次並沒生命危險，只是貶為淮陰侯，他府上各人也平安無事，所以可以説得這樣雲淡風清。

大家聽了小嵐的話，都議論紛紛的。

「是呀，我們王爺一向忠於大漢，怎麼會造反呢？」

「人家王爺的妹妹，小姑娘一個，都一點不怕，我們堂堂男子漢怕什麼！」

「對對對。肯定是一場誤會。我們就去收拾行李，明天上京城去！」

看着大家都放寬心懷離開，小嵐叫住了王管家：「王伯伯，您就辛苦點，今晚安排一下府裏的大小事情。」

　　王管家見到小嵐臨危不亂，心裏很是佩服，當下連忙點頭答應。小嵐又看看秋嬋和另外幾個侍候王妃的丫環，説：「秋嬋，你就負責替王妃和恪兒收拾行李。王妃身體不好，要替她多帶些禦寒衣物。」

　　這時，恪兒從裏面走了出來，説：「小姑姑，我娘親叫你。」

　　小嵐趕緊跟着恪兒進去，見到殷嬌臉色已好了一點，她見到小嵐，欣慰地笑了笑，説：「紫鵑，謝謝你幫我安撫下人，謝謝你幫我安排好一切。」

　　小嵐説：「姐姐別説客氣話，這是我應該做的。」

　　「妹妹，這次上京城，凶多吉少，我不能連累你。等會兒我會叫錢將軍進來，讓他放你走。」殷嬌拉着小嵐的手，説，「錢將軍以前是王爺手下的人，為人尚算忠義。我會説出你是當年贈飯給王爺的洗衣婆婆的孫女，這次只是碰巧來作客而已。王爺少時得你奶奶幫助的事人人皆知，錢將軍會相信我的話的。我為恩人求情，合情合理，錢將軍一定會答應。」

　　「不，我不會走的。」小嵐想也不想，説，「既

然我叫你一聲姐姐，我們就是一家人。我要留下來照顧你，照顧恪兒。」

殷嬙急了：「不可以，你一定要走。如果你有什麼不測，我們怎對得起楊婆婆！」

小嵐一臉堅決：「不，姐姐你別說了。我不會扔下你們自己走掉的。再說，我不會有事的，你們也不會有事的。我敢肯定，大哥吉人天相，一定能渡過難關。」

「唉，紫鵑，這讓我說什麼好呢！」殷嬙拗不過小嵐，十分無奈。

第八章

囚車裏的英雄

上午吃過早飯，錢將軍就走進了楚王府，催促王府中人準備出發。過了一會兒，小嵐扶着殷嬙，一手拖着恪兒走了出來，後面跟着一長串王府的家丁、丫環。

錢將軍還算照顧，所有人都沒有被綑綁，按當時情況，一干人等都算是罪犯，都要被綁着手走路上京的。錢將軍還專門弄來了一輛馬車，給王妃母子及小嵐乘坐。

這天天氣奇冷，又沒有太陽，望不到邊的黃土路上，一片慘然。長長的囚徒隊伍在數百士兵的押解下，緩緩地上路了。

殷嬙一夜沒睡，看上去精神比昨日更差，她身子軟軟地靠在車座上，愁眉深鎖。儘管小嵐一再安慰，殷嬙心裏仍心焦如焚。自從劉邦登帝位之後，她和丈夫就知道劉邦對他們一家起了殺心，只是礙於韓信是開國大功臣，不敢輕易下手。所以，這次劉邦給韓信

安了謀反的罪名，恐怕是不準備放過他們一家人了。

王爺為漢家打下了江山，勞苦功高，如今卻要背下謀反罪名，實在太冤枉。還有，恪兒才五歲，怎可以讓他小小年紀遭此厄運！

看着乖巧可愛的恪兒，殷嬙不禁淚如泉湧。

「娘親，您怎麼又哭了。娘親不要哭，娘親有恪兒呢！恪兒是個小男子漢，會保護您的。」恪兒見母親流淚，不禁扁着嘴，眼睛閃着淚花。但他拚命忍着不讓淚水往下掉，懂事地安慰娘親。

小嵐拿出一張被子，蓋在殷嬙身上，說：「姐姐，你別擔憂。事實就是事實，大哥沒做過對不起朝廷的事，誰也不可以冤枉他。」

恪兒也說：「是呀，娘親，小姑姑說不會有事，就一定沒事的。」

「嗯。」殷嬙點了點頭，勉強笑了笑。

小嵐說：「姐姐，路途遙遠，你還是好好睡一覺吧。」

恪兒說：「是呀，娘親乖，娘親好好睡吧！嗯，恪兒給您講睡前故事。」

恪兒躺在娘親旁邊，用稚嫩的聲音給娘親講起故事來：「從前有個大海，大海裏有個國王，國王有六個美麗的孩子。這六個孩子當中，那個最小的小公主

最美麗，她的皮膚又滑又白，像玫瑰的花瓣，她的眼睛是蔚藍色的，像最深的湖水。不過，跟其他的公主一樣，小公主沒有腿，她只有一條魚尾巴……」

這是小嵐昨晚給恪兒講的安徒生童話，沒想到這孩子竟全記住了。隨着恪兒好聽的童音，王妃臉上漸漸泛起了笑容，慢慢睡着了。

恪兒見娘親睡着了，便不再吭聲，只是小心地給王妃了披了披被子。

他轉過身，依偎着小嵐，小聲說：「小姑姑，我父王現在在哪裏，我想他。」

他的聲音帶着哽咽，他顯然很難過，但是卻一直忍着不哭。小嵐心痛地撫着他柔軟的頭髮，輕輕地說：「你父王應該也在去京城的路上，我們到了京城，就可以和他見面了。」

「嗯。」恪兒點點頭，又問，「還有多久才到京城啊？」

小嵐也不知怎麼回答，從楚王封地到京城多遠，她也不清楚。

隊伍在行進着，又走了一段時間，車隊突然停了下來。

「啊，是到了嗎？」恪兒把車簾撩開一條縫，往外面看着。

但是，眼前仍然是那條長長的好像沒有盡頭的黃土路，分明離京城還遠着呢。

　　這時，看到前面一條岔路上黃塵滾滾，出現一支很是壯觀的隊伍，這支隊伍很快插入了黃土路。

　　原來他們的隊伍之所以停下來，是為了給這支隊伍讓路。

　　說它壯觀，是因為它前頭是近千名手執武器、盔甲鮮明的士兵開路，中間是一輛華貴的明黃色的馬車，後面又是長長的望不到邊的軍隊跟着。

　　小嵐心裏一愣，明黃色？這是皇帝才能用的顏色啊！莫非，那車內坐着的是皇帝劉邦？

　　小嵐的視線漸漸望向那隊伍後面，一輛囚車赫然入目……

　　她猛地打了個顫。明白了，這是由劉邦親自押送韓信回京的隊伍！

　　小嵐腦海裏馬上湧出一個念頭，不能讓恪兒看到。她正要勸恪兒放下車簾，沒想到卻聽到恪兒一聲驚叫：「父王！父王！」

　　眼尖的恪兒，早已見到了囚車，見到了囚車裏戴着手鐐腳鐐的韓信。

　　小嵐還來不及反應過來，恪兒已經跳下了馬車，尖叫着朝那輛囚車奔去。騎在馬上的錢將軍見了，嚇

得立即跳下馬，衝過去拉住恪兒。

恪兒拚命掙扎，用腳去踢錢將軍，邊踢邊哭叫着：「放開我，你這個壞叔叔！父王，父王，恪兒在這裏……」

可惜他小小的身板哪拗得過高大的錢將軍，他任何掙扎都是徒勞的。

那邊囚車裏的韓信已經看到了兒子，昔日英勇無敵的大將軍，此刻身着囚衣、鬢髮散亂，他雙手抓着囚車的粗木頭，一句話也説不出來。囚車越走越近，

可以看到韓信臉上的悲憤莫名，看到他臉上流下的淚水。

許多官兵彷彿都不忍見到這情景，紛紛移開了目光。

恪兒哭得更厲害了，他把手伸向韓信，喊着：「父王，我要父王！」

這時小嵐已跑了過來，她趕緊抱起恪兒，安慰他：「恪兒乖，恪兒不哭，恪兒哭父王會難過的。」

恪兒哭着説：「小姑姑，為什麼？為什麼他們要鎖住父王，為什麼要把父王關在籠子裏？父王是個大英雄，為什麼這樣對他？」

錢將軍把手臂一橫，攔在他們面前。説：「小姐，快抱小王爺回車上去，恕末將不能讓你們過去。」

恪兒越哭越大聲，一向在他心目中如天神一般的父王，一向疼他愛他的父王，竟然被這樣毫無尊嚴地鎖着關着，這讓他小小的心靈無法承受，他突然用小手指着那支隊伍，哭叫着：「大壞蛋，你們欺負父王，我不會放過你們的！」

恪兒無意識中指向了那輛明黃色的豪華馬車，而恰恰正在這時，車廂的簾子被人掀起，一個頭戴皇冠的人探出頭來，眼放精光，凌厲的眼神死死地盯

住恪兒。

　　小嵐嚇了一跳，那不是皇帝劉邦嗎？壞了，他看到恪兒了，也聽到恪兒的話了。以劉邦這人的多疑，無事他都要翻起三尺浪，何況現在恪兒的確指着他，嘴裏説着不放過他。

　　小嵐趕緊伸手捂住恪兒的嘴，免得他再説出什麼會滅九族的話。她也不管恪兒掙扎，抱着他就想回馬車上去。

　　沒想到一轉身，卻發現殷嬙站在後面，她嘴唇顫抖着，眼裏淚如泉湧。只見她身子一歪，就倒向地上。小嵐驚叫一聲，但雙手抱着恪兒，分不出手來相扶，眼睜睜看着殷嬙跌落塵埃……

第九章

被囚禁的公主

京城終於到了。

大概是楚王府上下人太多，監牢不夠用的緣故，王妃等人被關進一座破舊的大院裏。當然，他們的待遇跟囚犯沒有兩樣，因為大院外面有士兵日夜守着，他們不能踏出一步。

可能看守的官兵都敬重韓信為大漢打江山出生入死，建下不朽功勳，所以都對他們比較客氣。錢將軍還特別派一隊士兵爬到屋頂上，把穿洞的地方修葺好，讓楚王府的人不致於在下雨天時被水澆。

至於韓信自從那天在半路上碰見之後，就一直沒見過面，也不知他被關押在什麼地方。

殷嬌本來只是傷風感冒的小病，但因韓信的事情受到刺激，加上旅途辛苦，病便加重了。幸好一路上有小嵐照顧，情況還不致於太差。恪兒自從見到父王之後，就老是小眉頭緊皺，悶悶不樂的，讓小嵐見了好心疼。

小嵐本來都信心滿滿的，因為歷史上的韓信沒有死在這次災難中。但是，當她想起劉邦那兇惡的眼神時，又不由得心驚膽戰，生怕他會因為恪兒那句話而痛下殺手。

　　是啊，既然韓信被捕的日子都提前了，那也有可能韓信的死期也提前了呢？每當想到這些，小嵐心裏都一陣陣發涼。

　　本來自己想救韓信，沒想到韓信沒救着，自己反而身陷牢籠。連自由都沒了，還談什麼救人呢？

　　好鬱悶啊，好不容易來大漢一趟，卻無辜辜被關了起來，成了被囚禁的公主。難道就這樣被動地呆在這裏，等待韓信的所謂「謀反案」審結，皇帝要你死你就必須死，要你生你才可以生？

　　萬一韓信真的被判有罪，那這幫人都是要被殺頭的。就是說小嵐也不能倖免。不過，小嵐並不後悔自己選擇陪着來京城，因為這一路上如果沒有她照顧，王妃和恪兒都不知道變成什麼樣子了。

　　不管怎樣，小嵐還是樂觀的。萬卡哥哥不是說自己是小福星嗎？自己一定會給韓大哥一家帶來好運的。

　　困在大院的日子，對於楚王府裏的所有人來說，都是難熬的。因為人人都害怕不知什麼時候聖旨一

下，所有人就得人頭落地。加上大家都沒有什麼事做，連一日三餐也是看守的士兵每天送來，一天到晚沒事幹就容易胡思亂想，一些年紀小的小丫環就老是哭哭啼啼的，男子漢們雖然不會像小女孩一樣哭鼻子，但也唉聲歎氣、無精打采的，整個大院裏總是籠罩着一片愁雲慘霧。

小嵐看在眼裏直皺眉頭，說不定劉邦的聖旨沒到，這幫人已經瘋掉了。

小嵐每天大多數時間都帶着恪兒，到殷嬙住的房間陪她聊天，或者扶着她到後院那個破敗的花園裏曬曬太陽。這天下午，小嵐和殷嬙、恪兒坐在園子的石凳上，一邊曬太陽一邊聽小嵐講《西遊記》故事，不只是恪兒聽得津津有味，連殷嬙都聽得暫時忘了憂愁。

「從前有座花果山，山上有個美猴王⋯⋯」

每當聽到精彩時，恪兒都會拍手叫好。講着講着，忽然，小嵐發覺叫好聲變得不只一個人了，她扭頭一看，不禁嚇了一大跳，原來不知什麼時候，身後的草坪上坐滿了人，丫環家丁們都來了，全在聽她講故事。看樣子他們都聽得很開心，不見了平時的愁眉苦臉。

小嵐愣了愣，又繼續講下去，他們喜歡聽故事，

很好啊，省得每天總是胡思亂想。

直到守衛送晚飯來，小嵐才停了下來。恪兒說：「小姑姑，吃完飯再講。」

其他人都嗖地把臉轉向小嵐，用期待的目光看着她。

小嵐還沒作聲，殷嬙就開口了：「你小姑姑都講了幾個小時了，再講就聲音啞了，乖，明天再講好了。」

「好的，娘親。」恪兒乖巧地點了點頭。

晚上，小嵐剛洗完澡回到自己房間，就聽到有人敲門，「篤篤，篤篤。」

「誰呀？」小嵐大聲問。

「小紅帽乖乖，把門兒開開。我是你外婆，我給你帶好吃的來了。」門外的人故意揑着嗓子說話。但剛說完又忍不住「嘻嘻」地笑了幾聲。

小嵐心裏好笑，還裝，早知道是你了，小正太！

小嵐故意說：「不開不開就不開，小紅帽就不把門開。」

恪兒急了：「我不是狼外婆，我是恪兒。小姑姑快把門開開。」

小嵐走去打開門，說：「狼外婆，什麼事呀？」

「嘻嘻。」恪兒往牀上一躺，「小姑姑，我想跟

74

你睡。」

小嵐說：「不行，萬一你晚上尿牀怎麼辦。」

恪兒一下子坐了起來，撅着嘴說：「小姑姑，人家早就不尿牀了。」

小嵐說：「那要是你磨牙怎麼辦。」

恪兒說：「我又不是老鼠。」

小嵐說：「好吧，就借你半邊牀。」

格兒高興地跳上了牀，在靠裏面躺了下來。

「小姑姑，恪兒晚上不尿牀也不磨牙，但恪兒會失眠呢！好慘哦！」

小嵐心想，小屁孩裝什麼失眠，肯定在打什麼鬼主意，便說：「啊，你會失眠，真是好慘哦。」

「是呀是呀。失眠好慘的呀！小姑姑，你能替恪兒治失眠嗎？」

「我不會治。」

「嗯嗯，小姑姑不會治失眠。那可怎麼辦呢？有了，小姑姑給恪兒講睡前故事，恪兒聽着聽着，就會睡着的。」

「小滑頭！」小嵐用手指點點恪兒的額頭，「兜了那麼大一個圈子，就是想聽故事。」

「不是啦，人家真的失眠呢！」恪兒眼睛一眨一眨的扮可憐。

「鬼精靈！」小嵐説，「好吧！想聽什麼？」

「講西遊記，我喜歡孫悟空！」恪兒興奮地拍着手。

於是，恪兒又跟着孫悟空大鬧天宮了。他可是越聽越精神啊！反而是小嵐邊講邊打瞌睡。

「小姑姑，你這段剛才講過了，怎麼又重新再講？」

「是嗎？我……」小嵐打了個大大的呵欠，然後就不説話了。

「小姑姑，你怎麼睡着了？小姑姑，醒醒！啊嗚……」恪兒打了個大大的呵欠，也睡了。

第二天，小嵐一早醒來，看見那小正太還在呼呼大睡。嘴裏還不時在嘟噥着：「……我變，我變……我變變變……」

這小傢伙，連作夢都夢到自己像孫悟空一樣可以七十二變呢！

昨天人們聽故事時的快樂給了小嵐啟發，小嵐想，不如再給他們找些有趣的活動。唉，早知道就把那副飛行棋帶來！

本來做副撲克，讓他們玩最好不過，但現在哪裏去找硬紙片呀？小嵐在院子裏邊轉邊想辦法，忽然，她看到院子的角落裏堆着一堆垃圾，裏面有木頭，有

雞毛，還有破布片。小嵐一拍腦袋，哎，有了。

　　小嵐急忙去找了楚王府裏的一個木匠，讓他用木頭做了十幾隻棋子和一個骰子。木匠按小嵐吩咐，很快就把棋子做好了。小嵐問秋嬋拿來些化妝用的胭脂水粉，用四種不同顏色在棋子上畫上飛機，又在骰子上畫上點數，然後又在一張石桌上用木炭畫上棋盤。

　　「小姑姑，你在玩什麼呀？」一個小腦袋從石桌下面拱了上來。

　　「飛行棋。」

　　「什麼叫飛行棋？這棋子上畫的是什麼呀？是小強嗎？」

　　自從小嵐有一次把蟑螂叫做小強後，恪兒就記住了這個好玩的名字。

　　「小強你個頭！這是飛機。人可以坐上去飛上天。」

　　「啊，這也是西遊記裏面講的嗎？」

　　「當然！」

　　「小姑姑，這飛行棋怎麼玩法？」

　　「你去叫秋嬋和石叔來，可以四個人一起玩的。」

　　飛行棋很容易玩，恪兒幾個人很快就學會了。四個人玩得十分開心，很快引來了其他人，個個都躍躍

欲試。

　　小嵐乾脆叫木匠又再做了些棋子和骰子，令到有興趣的人都可以玩。小嵐又用破布和雞毛，做了好幾個毽子，教大家踢。

　　被囚禁的日子變得容易度過了。

第十章

丞相伯伯

這天，關押楚王府上下的大院來了一位客人。

領着客人進來的錢將軍用眼睛掃了一下，見到王妃不在，便叫人去請小嵐出來。

錢將軍向客人介紹説：「這是楚王爺的義妹，紫鵑小姐。」

又向小嵐介紹説：「這是蕭丞相。」

「丞相伯伯好！」小嵐不卑不亢地向蕭何行了個禮。

漢初三傑之一，大名鼎鼎的當朝丞相蕭何。説起來這人和韓信有着極大的關係，多年前，韓信在劉邦軍中備受冷落，一氣之下離開了，就是蕭何連夜把他追上，費盡口舌勸他回轉的。回去後也是蕭何千方百計説服劉邦，封韓信做大將軍，從而令韓信能發揮作用，領兵橫掃千軍，為劉邦打下了大半江山。可惜，到最後劉邦要置韓信於死地，也是蕭何，幫着把韓信騙到未央宮，令韓信被呂雉預先埋伏在那裏

的人殺了。

雖然，當時的蕭何有可能是逼於無奈才這樣做，或者他根本不知道呂后會下毒手殺害韓信，但始終是令人心冷。後世出現了「成也蕭何，敗也蕭何」這樣一句諺語，意思就是説韓信成功是由於蕭何推薦，韓信死也是因為蕭何，也指事情的成功或失敗都是由同一個人造成。

當下蕭何見小嵐眉清目秀，眉宇間顯露自信和睿智，小小年紀但見到他這樣的大官居然應對自如，還毫不忸怩地叫自己伯伯，心中不禁暗暗驚訝。心想，不知韓信什麼時候認了這樣一個出色的妹子。

當下他對小嵐説：「本相聽説王妃臥病在牀，特來探望。」

小嵐説：「多謝丞相伯伯關心。王妃晚上經常失眠，所以白天要小睡一會兒。請丞相到客廳稍等，我去請王妃出來。」

蕭何一來出於關心王妃，二來也想跟面前這小姑娘聊聊，探探她的來歷，於是立即説：「不急不急。王妃身體不好，就讓她再休息一會兒吧！」

小嵐把蕭何請進客廳裏，又叫丫環送上清茶。

蕭何拿起杯子，呷了一口清茶，微笑看向小嵐，問道：「紫鵑小妹妹，看你聰明乖巧、談吐得體，想

必出自大戶人家？」

小嵐笑笑説：「謝丞相稱讚。我祖籍淮陰，出身貧寒人家，自小父母雙亡，是奶奶一手把我帶大的。」

蕭何想了想，又問：「姑娘跟楚王爺是同鄉，莫非是王爺親戚？」

小嵐説：「不是。我奶奶早年曾幫助過韓大哥。韓大哥半年前回鄉感謝我奶奶，又認了我作義妹。」

「原來是這樣！」蕭何點頭微笑。

韓信早前衣錦還鄉做的幾件事，蕭何也有聽到，但卻不知他認義妹這件事。心想，真沒想到那個洗衣的老婆婆，卻有一個如此聰明美麗的孫女。

蕭何不由得點頭微笑：「楚王爺何其有幸，認了你這麼出色的義妹。」

小嵐搖搖頭説：「丞相伯伯的話，我實在受之有愧。如果我真有那麼出色的話，就不會讓大哥蒙冤受屈，不會讓王府上下被囚禁在這裏了。」

蕭何看着小嵐，説：「紫鵑小妹妹認為楚王是被冤枉的？」

「當然！」小嵐毫不猶豫地説，「如果大哥要謀反的話，早就反了。還等到今天嗎？當年大哥手握重兵，氣勢如虹的時候，謀士蒯通曾經勸説過大哥擁兵

自立，跟當時的漢王劉邦、楚王項羽三分天下，但大哥卻一口拒絕了，他説絕不背叛漢王。丞相想想，大哥在最有利的時機都沒有背叛陛下，又怎會在軍權已經交回、勢單力薄孤掌難鳴的時候去謀反呢？」

蕭何沉默不語，心裏明白小嵐説得沒錯，以謀反罪抓走韓信其實毫無道理。何況既無人證，又無物證。

小嵐見蕭何不吭聲，又説：「丞相伯伯，請恕我冒昧。想當初，是你出於對大哥的信任，拚命把他追回來的。而事實上，大哥沒有辜負你的信任，用自己的勇敢和智慧為大漢打下了大半個江山。現在他有難了，也請你繼續信任大哥，為他洗脱謀反罪名，還他一個清白。」

小嵐話語錚錚，説得蕭何心內無比慚愧。其實他心裏怎會不知道，這次以謀反罪抓捕韓信，最大的原因還是因為劉邦對這個軍事天才不放心，怕韓信真的有朝一日要謀反，到那時，劉邦絕不是他對手。

自己所以一直不敢替韓信説話，一是因為韓信太厲害了，他現在不造反，但難保他一輩子不造反；二是因為知道劉邦一直想置韓信於死地，怕自己為韓信出頭，引來劉邦對自己的不滿。

這時，聽到小嵐又説：「丞相伯伯，如果你想陛

下好的話，請勸勸他。假如陛下把一個立下赫赫戰功的開國功臣治罪，將會令天下人心寒。打江山不易，守江山更難，大漢初建，百廢待興，國家還面臨許多困難，需要文武百官和天下百姓同心同德去保衛國家，建設一個安定繁榮的大漢。」

蕭何聽了暗暗點頭，他知道自己應該怎樣做了。只是心裏未免吃驚，一個鄉下小女孩，竟然這樣聰明。

這時候，一個小丫環在外面稟告，說是王妃來了。小嵐聽了趕緊起身，迎出客廳門口。蕭何也跟在她後面走了出來。

殷嬙在秋嬋的攙扶下，慢慢走過來，蕭何忙向她一揖，說：「拜見楚王妃。本相聽聞王妃身體欠佳，特來問候。不知王妃好點沒有？」

「多謝丞相記掛。」殷嬙長長地歎了口氣，「只是王爺一日未平反，我一日無法放鬆心情，病又怎會好？」

賓主剛坐下，見到恪兒一陣風跑進來，恪兒見到蕭何，便急急走到他身邊，扁着嘴說：「丞相爺爺，你見過我父王嗎？他好不好？我很掛念他！」

蕭何把他摟在懷裏，說：「有，有見過你父王。他沒事，只是皇帝要問他一些事，問清楚就會讓他回

來的。」

「真的嗎？」恪兒眼裏露出驚喜，但馬上又嘟着嘴說，「爺爺，你騙我！如果皇帝伯伯只是問他事情，為什麼要用籠子關着他？」

也許他想起了來時路上碰到韓信的事，眼睛馬上紅了，說：「我知道了，原來父王是被皇帝伯伯抓的。皇帝抓我父王，他是個壞伯伯！」

屋裏的人都大吃一驚，這孩子竟敢罵皇帝，這是要殺頭的呀！幸好除了蕭何之外全是自己人。而蕭何向來喜歡恪兒，也不會出賣他。

蕭何摸着恪兒的小腦袋，輕輕歎了口氣，說：「恪兒，以後別再說這話，這會給你父王添麻煩的。」

恪兒見到母親一副被嚇到的樣子，便乖乖地點頭：「丞相爺爺，我知道了。我以後再也不說了。」

他又抬頭望着蕭何，說：「丞相爺爺，您是父王的好朋友。好朋友是要互相幫助的哦，您能幫我把父王救出來嗎？」

蕭何看着恪兒，臉色凝重，好像很為難的樣子。

小嵐見了，說：「我嬸姐姐因為憂慮過度，病一直不好。或者先請丞相伯伯說服陛下，讓哥哥回來看看嬸姐姐。」

殷嬌一聽，眼睛頓時發亮，能見到丈夫，知道他好不好，那也是她希望的。她馬上用渴求的目光看着蕭何。

　　蕭何想了想，點點頭説：「本相雖然不敢保證一定可以説服陛下，但我可以試試看。」

第十一章

回家

蕭何是一個守信用的人，如果讓他把韓信救出來，他沒把握。因為他深知劉邦一向忌憚韓信，這次抓了韓信，就不會再放他。關着不殺，只是因為謀反證據不足。但劉邦身為皇帝，要弄些假證據出來，根本沒難度，殺韓信只是時間問題。

所以恪兒要他幫忙救父王，他不敢答應，但小嵐說讓韓信回來看看生病的王妃，還有點可能。

蕭何也是一個有誠信的人，當下他離開大院，就馬上進宮，去見皇后呂雉。

這位呂皇后，是個很厲害的人物。她是中國歷史上有記載的第一位皇后。劉邦做了皇帝之後，她常常為丈夫出謀劃策，同時也開始壯大自己的權勢。劉邦登位之後，她充當了急先鋒，為劉邦「清君側」，智勇雙全的韓信，還有勇冠三軍的彭越，都是由她一手設計殺害的。

當然，這些都是後來發生的事，蕭何還不知道這

些。他來找呂后幫忙，是因為韓信的妻子殷孃是呂后的表妹。說起來，當初還是呂后為了攏絡韓信，把自己表妹介紹給他的呢！

呂后跟殷孃一向關係不錯，聽到蕭何說殷孃因為擔心韓信病了，一直不見好。心想，不如讓韓信回去幾天，等表妹病好點，再把他押回來。反正那大院有軍隊守着，他也飛不出去。

於是，她點點頭，表示願意去向皇帝說情。

也不知道呂后是怎樣說服劉邦的，反正幾天之後，韓信就被押到大院，劉邦恩准，讓他可以回去陪伴殷孃一段時間。為了怕殷孃難過，呂后還特地讓人給韓信送去了一套新衣服，讓他換下身上已經又破爛又骯髒的衣裳。

韓信被無辜安上謀反罪名，已是萬念俱灰，心裏唯一放不下的，就是家中柔弱的妻子和年幼的兒子。只要想起那天在路上，兒子哭叫的聲音，妻子昏倒的情形，他就擔心到吃不好，睡不着，一顆心好像被撕成千百片。

聽到劉邦放他回去探望妻兒，他簡直不相信自己的耳朵，直到獄卒催促，他才飛快地換上新衣服，跟隨押送的士兵前往大院。

當韓信踏進大院時，心裏是既喜悅又擔心，喜的

是將要見到妻子兒子，擔心的是，不知他們已經難過成什麼樣子了。但當見到眼前景象時，韓信大為意外，只是愣愣地看着，竟忘了說話。

沒有想像中的愁雲慘霧、痛哭悲泣，只見大院的空地上，一眾下人平靜地坐在地上，聽着一個女孩子講故事，女孩坐在石凳上，身邊，是雙手托着小腦袋聽得入迷的恪兒。

一個家丁首先發現了韓信，他驚喜地大喊一聲：「王爺！王爺，您回來了！」

院子裏所有人的目光都刷地一下望向韓信，恪兒早已跳下地，飛撲向韓信。

「父王，您回來了？父王，恪兒不是做夢吧？父王，恪兒好想您……」恪兒雙手抱着父親的腿，號啕大哭。

韓信蹲下身子，把兒子擁進懷裏，淚如雨下。

「嗚嗚嗚……」院子裏，哭聲震天。所有人，不管是小嵐，還是家丁、丫環，全都痛哭失聲。

也許，所有人都壓抑得太久了。

連看守的士兵都忍不住低頭擦眼睛。

正在臥室養病的殷嫱，聽到院子裏的哭聲，十分吃驚，忙讓秋嬋扶了，走出院子，一見到韓信，竟呆在當場。韓信見了，拉着兒子走過去，一家三口，抱

頭痛哭。

　　天上不知什麼時候下起了毛毛細雨，好像也為這人間的一幕哭泣。

　　小嵐走過來，説：「哥哥，我們進去吧。下雨了，王妃身體不好，不能淋雨。」

　　韓信點點頭，一手抱着兒子，一手扶着妻子，跟在小嵐後面，走進了屋子。

　　秋嬋紅腫着眼睛，打來熱水侍候王爺王妃洗臉，小嵐就親自絞了一把毛巾，給哭得花臉貓般的恪兒擦臉。

　　好一會兒，大家心情才慢慢平伏。恪兒坐在父王腿上，仰起小臉問道：「父王，您沒事了，不用再離開我們了，是不是？」

　　韓信心中一痛，他不想兒子難過，便趕緊笑着説：「是的。恪兒不用擔心，父王沒事，父王會一直陪你。」

　　恪兒沒看出父親笑容下的隱痛，高興得拍着手説：「太好了太好了！丞相爺爺真是個乖爺爺，一定是他幫父王的。」

　　韓信一愣，問道：「怎麼回事？我今天能回來，是丞相幫的忙嗎？」

　　小嵐説：「是的。蕭丞相是個守承諾的人，他答

應幫忙，還真的馬上做了。」

小嵐於是把早兩天蕭何來訪，他們怎樣請他幫忙的事說了。

韓信聽了，歎了口氣：「我之前還一直埋怨他，覺得他不夠朋友，不敢站出來替我伸冤。看來，他有些事也是無可奈何，所以這次聽了你們要求，就馬上出手幫忙。」

殷嫱也說：「王爺，蕭丞相是個好人，你別錯怪他。」

韓信點點頭：「有機會見到他，我一定當面向他道謝。」

晚飯時，看守的士兵像往常一樣送來了簡單的飯菜，但吃在大院所有人嘴裏，都不亞於山珍海味，因為他們的王爺回來了。

王爺回來，不但對妻兒和小嵐來說是個天大喜事，一班下人也都開心得合不攏嘴。這不但因為替王妃和恪兒高興，也是為自己高興，因為他們都覺得，既然皇帝肯放王爺回來跟家人團聚，那就應是不會治他罪了。

吃飯時，所有人都聚在院子裏，韓信舉起手中一碗開水，大聲說：「受本王所累，大家受苦了！本王在此向大家說聲對不起。如本王能撥開雲霧，洗清冤

情，一定好好答謝大家。」

那些家丁丫環，都紛紛説：

「王爺，我們不敢當，不敢當！」

「比起王爺蒙冤，我們這點委屈算得什麼！」

王管家代表眾人，也端着一碗水敬韓信：「王爺王妃一向對我們這麼好，我們就是粉身碎骨，也報答不了。這碗水，祝王爺日後一帆風順，無災無難。」

「飲勝！」韓信和王管家把碗一碰，然後分別一飲而盡。

韓信又倒了一碗水，向着小嵐説：「紫鵑，這碗是敬你的。這次哥哥無辜被抓，幸有你幫我照顧妻兒，又在家主持大局，安定人心，哥哥要向你説聲『謝謝』！」

眾人邊聽邊點頭，韓信話音剛落，大家都紛紛説道：

「是呀，這次幸好有小姐在，要不王府都不知亂成怎麼樣了！」

「小姐還安慰我們，説王爺一會沒事的。」

「是啊，我一開始怕得要死，總是哭個不停，是小姐鼓勵我，給了我勇氣！」

「是呀是呀，小姐還給我們講故事，教我們玩飛行棋、踢毽子，我們才沒有一天到晚想着會被殺頭的

事，才會好好地等到王爺回來……」

　　大家的表揚，弄得小嵐都有點臉紅了。她也倒了一碗水，對韓信說：「哥哥，你是個英雄。英雄落難，每一個有良心的人都會伸出援手，何況你還是我義兄。我所做的一切，都是應該的。」

　　韓信聽了，眼裏竟冒出淚花。他對小嵐說：「本王有這一個聰明能幹又俠骨冰心的義妹，真是三生有幸！」

　　韓信說完，和小嵐碰碰碗，把水一飲而盡。

第十二章

死自己，活百姓

晚上，王府上下都入睡了。經過了多少個擔驚受怕的日日夜夜，總算盼到王爺歸來，他們終於放下了心頭大石，好好地睡一個安穩覺。

只有小嵐睡不着。她看得出來，韓信笑容中的苦澀；她知道，韓信的麻煩還沒完，劉邦並未放過韓信。

小嵐睡不着，她開了門，輕輕走到院子裏，找了個地方坐了下來。

天上一輪明月，又圓又亮，像個發光的盤子，月光給地上蒙上一層白霜。小嵐呆呆地看着月亮，心想：月有陰晴圓缺，人有悲歡離合，為什麼世事總難完美呢？為什麼以韓信這樣一個大英雄，為漢朝立下汗馬功勞，卻無法逃出冤死的命運，連妻子兒女都受到牽連？多麼可愛的恪兒啊，怎可以讓他小小年紀就受到傷害呢！

如果這事發生在現代就好了。自己一定以公主的

名義，向全世界揭露劉邦殺害功臣的行為；或者，親自帶領烏莎努爾軍隊，把哥哥一家救出來。

唉，如果時空器在手就好了，自己就可以把哥哥、王妃姐姐、恪兒，還有王府上下人等，全都帶回現代，讓他們在擁有民主自由的社會生活，再也不用擔驚受怕。只可惜自己這次是莫名其妙地穿越而來，時空器不在手裏。

小嵐正在胡思亂想，突然聽到伊呀一聲，有人開門出來。小嵐一看，原來是義兄韓信。

「哥哥，怎麼還不睡？」小嵐問道。

韓信坐到小嵐對面，說：「那你呢？為什麼還不睡？」

小嵐看着韓信，說：「我想，我們是為了同一件事睡不着。哥哥，你這次回來，只是暫時的吧？」

「好聰明的妹妹，什麼都瞞不過你。」韓信苦笑一下，說，「等阿嫣好點兒，我又得被押回大牢，等待那一次又一次的審訊了。我想阿嫣和恪兒過幾天開心日子，所以瞞住他們。」

「哥哥，你估計，陛下這次會不會放過你？」

「我不樂觀。其實我知道，陛下在我打敗項羽之後，就開始盤算除掉我了。雖然我現在沒了兵權，但他仍不放心。我不知道怎樣才讓他明白，我從來都沒

有造反之心。」

「唉。『我本將心向明月，奈何明月照溝渠』。」小嵐不禁想起了從哪本書上看過的一句話，自言自語地說了出來。

「『我本將心向明月，奈何明月照溝渠』，這句話的意思是我好心好意地對待你，你卻毫不領情。意指真心付出沒有得到應有的回報和尊重。」

韓信聽了小嵐的話，不禁長歎一聲：「紫鵑，你說得真好。這正是我此時心中所想啊！」

小嵐說：「哥哥，這裏沒有別人，我想問你，幾年前，你有幾十萬軍隊在手，運籌帷幄，百戰百勝，打遍天下無敵手。而當時的漢王劉邦卻幾乎每戰必敗，在彭城一戰中，還被項羽的軍隊追得狼狽逃竄，差點成為俘虜。那時候，如果你擁兵自立，你大可以為自己打江山做皇帝，但你為什麼沒這樣做呢？」

韓信想也沒想，說：「因為我不想做無情無義之人。想當初，我投奔陛下時，只是個小小的執戟郎中，是陛下和蕭丞相信任我，委任我做大將軍統領全軍，才給了我發揮才幹的機會，才讓我立下赫赫戰功。如果我背叛陛下，豈不是成了忘恩負義之人？」

小嵐又問：「那如果，我說如果，如果現在再讓你選擇一次，你會怎樣？你現在雖然沒有兵權，但你

的威名仍在，你的智慧仍在，只要你振臂高呼，相信軍中許多當年跟你一起在戰場上同生共死的部下，一定會站出來，為你抱不平，追隨你造陛下的反。這樣，你不但可以救自己，救姐姐，救恪兒，救出王府上下，還可以自己做皇帝。這樣，不比現在整日提心吊膽，任人擺布好上千百倍？」

韓信搖頭說：「不，我不會這樣做的。身為一名將領，我知道戰爭的殘酷，光是打敗項羽的垓下之戰，就有十多萬人戰死。項羽的軍隊死了八萬人，幾乎全軍覆沒，而我軍也犧牲了幾萬人。除了軍隊之外，老百姓同樣也深受戰爭之苦，戰火下，多少家園被毀，多少人妻離子散，多少人凍死餓死。現在好不容易建立大漢，結束戰爭，陛下一統天下，百姓過上安穩日子，我怎可以又再挑起戰火，陷百姓於水深火熱之中呢！」

小嵐又說：「但是，你有沒有想過，陛下如果要你死，你是怎麼也逃不掉的。你為大漢打下了大半個江山，卻落得這樣的下場，你甘心嗎？」

韓信抬頭望月，臉上神情複雜，過了一會兒才說：「說實話，我不甘心。但如果因為自己的不甘心，而讓天下又再生靈塗炭，那我寧願委屈自己。死我一家人，活天下百姓，值！」

「死我一家人，活天下百姓。」小嵐無比欽佩地看着韓信。就衝這一句話，小嵐就更堅定了救韓信一家的決心。

韓信扭頭看向小嵐，說：「紫鵑，你還這麼年輕，你不必陪着哥哥赴死。有機會你就逃走吧！要是你有什麼三長兩短，我怎麼對得起楊婆婆。」

小嵐堅決地搖搖頭，說：「不，我絕不會在困難的時候離開你，離開嬙姐姐和恪兒。而且，哥哥，你聽好，我不會讓你們死的，像你這樣的英雄，不但不可以死，而且要活得好，活得幸福，活得頂天立地，活得長命百歲。」

韓信眼裏閃出淚花，他被小嵐的話深深感動了。

不知不覺間，他被不幸壓彎了的腰杆挺直了，他悲哀的眼神換上了堅毅，他鬱悶的心懷又重新充滿了萬丈豪情。

「紫鵑，謝謝你。」

「不用謝！」

小嵐看着韓信眼裏的變化，心中十分高興。她想，我一定要改變歷史，一定要讓哥哥好好地活下去。

她在心裏暗暗鼓勵自己：天下事難不倒馬小嵐！小嵐，加油！

第十三章

皇后的詭計

韓信在的日子，王府上下就像過年一樣開心。

只有小嵐心裏忐忑，害怕這快樂日子會在哪一天嘎然而止，猜測掌握韓信生殺大權的劉邦，究竟在打什麼主意。

小嵐的擔心不是多餘的，果然，把韓信放回親人身邊的日子，劉邦一直在想，用一個什麼最好的方法，去除這顆眼中釘、肉中刺。

只要一想起韓信當年指揮大軍，把強大的楚軍一點點消滅，攻無不克，戰無不勝，劉邦就吃不香，睡不好，生怕有一天韓信起來造反，像打敗項羽一樣把他打垮。

他想了很多種方法殺韓信，都覺得不妥當。畢竟韓信是漢朝的大功臣，如果自己不分青紅皂白殺了他，那自己就會落下壞名聲，還容易造成其他功臣的不滿，因而跟他離心離德。但如果不殺，又覺得彷彿有顆定時炸彈在身邊，不知何時會爆炸。

這天，退朝之後，他去到御花園，叫人擺上酒一壺，小食幾碟，一個人自斟自飲，想着處理韓信的方法。想了一個覺得又不好，再想一個還是覺得不合適，不禁眉頭緊皺，歎氣連連。

　　這時，有人輕輕走近他身邊，問道：「陛下碰上什麼為難事了，說給臣妾聽聽，讓臣妾為陛下分擔憂愁。」

　　劉邦抬頭一看，原來是皇后呂雉，便笑笑指指旁邊一張凳子，說：「皇后，坐吧！」

　　「謝陛下！」呂雉坐下，拿起小酒壺，為劉邦把酒杯添滿。

　　劉邦拿起酒杯，又是一飲而盡。

　　「陛下是否因為楚王韓信……」

　　劉邦看了呂雉一眼，說：「皇后聰明，一猜便中。」

　　呂雉笑着說：「臣妾不敢當。這幾天臣妾見陛下心神不定，估計是為這事發愁，連日來苦思冥想，想到一計，不知好不好。」

　　劉邦聽了很感興趣，忙說：「皇后一向足智多謀，想出的辦法一定不差。皇后儘管講給朕聽。」

　　呂雉說：「好的，臣妾說出來，陛下看行不行得通。韓信曾對大漢有功，所以不能隨便殺。但如果是

給其他人殺呢？」

劉邦說：「王后意思是請殺手去殺韓信。不行不行，韓信武功高強，一般高手都打不過他。」

呂雉說：「那如果他沒有武器在手，而且又喝醉了酒呢？」

劉邦點點頭，說：「既沒武器又喝醉了，這種情況下，就有可能殺他。但是，這種機會很少啊！」

「機會很少我們就給製造機會。」呂雉說，「聽說最近仰雲山上梅花盛開，陛下可下旨舉辦賞花大會，召百官一起上仰雲山喝酒賞梅，到時你可以叫上韓信一起去。」

劉邦邊聽邊點頭：「唔，接着說。」

呂雉繼續說：「我們預先找幾個絕頂高手，埋伏在仰雲山一個隱蔽地方。賞花大會開始後，你叫一個信得過的臣下，把韓信引去該隱蔽地方，又盡量敬韓信酒，把他灌醉。等韓信喝得醉醺醺時，那些高手就衝出來，韓信喝多了酒手軟腳軟，哪有還手之力？事後，我們就宣布，當年垓下之戰，韓信四面楚歌逼死項羽，是項羽的手下埋伏在那裏，殺韓信為項羽報仇的。還可以下旨，說陛下覺得韓信功大於過，本來已打算不再追究他謀反之罪，讓他官復原職，沒想到他卻死於反賊之手，特賜以最隆重的形式追悼和安葬韓

信。這樣，其他大臣一定會覺得陛下寬厚待人，從此更是感恩戴德，對陛下不敢有二心。那事情就完滿解決了，既可以除去韓信，也免去陛下左右為難。」

呂雉剛説完，劉邦就興奮得用力一拍桌子，説：「好計，好計！皇后真朕的智囊也！」

呂雉捂着嘴笑，又説：「臣妾不敢當。」

「咦，不行不行。這樣的話，我們豈不是不可以滅韓信的三族？」劉邦突然想起什麼。

呂雉説：「韓信是個孤兒，他家裏已沒有親人。而殷嬌是我表妹，如果要動她的族人豈不連我的親戚都要遭殃？如果説，韓信的謀反罪本來是要殺頭，要滅他三族的，現在陛下不但不殺韓信，韓信被仇人殺掉之後還厚葬他，而且還不動他三族，那些人逃過一劫心裏都不知怎樣感念陛下的恩德呢！他們還敢有異心嗎？所以，請陛下手下留情，放過他們。臣妾保證，他們絕對忠於陛下。」

「這樣啊！」劉邦拈拈鬍子，又搖搖頭説，「你的親戚我可以放過，但我不能放過韓信的兒子。你沒看到，那次我押韓信回京城時，在路上碰到他兒子，那才幾歲大的小子竟然指着我罵我壞人，真真把我氣死！這小子我不可以放過他！」

呂雉説：「陛下放心，這小小孩童，將來要對付

他還不是小事一件。他安分守己猶自可，如果他膽敢像他老子那樣有什麼歹念，我們就馬上派人滅了他。」

「也對！」劉邦點點頭，說，「好，就按皇后的妙計去安排。這次，韓信插翼難飛了。哈哈哈哈哈……」

呂雉見劉邦同意她計劃，十分高興。她跟劉邦一樣想除掉韓信，但她不想自己表妹殷嬙死。

其實，當初把殷嬙嫁給韓信，還是呂雉的主意。她希望通過殷嬙去監視韓信，控制韓信。沒想到殷嬙是真心愛韓信的，嫁給韓信後，她一心一意對丈夫好，對呂雉的要求只是敷衍答應，實際上卻沒有執行。

雖然呂雉對殷嬙很不滿，總覺得殷嬙不肯幫忙，沒有把韓信的真實一面告訴自己，但是因為兩人的表親關係，又是自小一起長大的好姐妹，她也不想殷嬙死於非命。所以才挖空心思，想了這個殺韓信保殷嬙的計謀。

幾天之後，劉邦把一切都安排好了，於是，派人往大院宣旨，命韓信參加翌日的賞花大會。

當楚王府上下跪接了陛下聖旨之後，幾乎所有人都是歡天喜地的。皇帝請王爺去賞花，這不就等於說

皇帝重新接納王爺，把他當成自己人了嗎？

只有韓信心裏忐忑，自己身上背着的謀反罪名未除，不知皇帝為什麼開恩請自己和大臣一塊出席活動。還有小嵐心生警惕，這是「黃鼠狼給雞拜年，沒安好心」呢！

小嵐悄悄對韓信說：「哥哥，這賞花大會說不定是鴻門宴，哥哥千萬小心。」

韓信皺皺眉頭：「雖然我不知道為什麼陛下請我赴會，但是我想他不會那麼笨，當着這麼多大臣殺我吧！」

小嵐想了想，又說：「不行，我還是不放心。要不我跟你一塊去，聖旨裏不是說每位大臣可以帶一名家丁的嗎？我可以扮成男孩子，冒充你的家丁。」

韓信一聽馬上搖頭：「不行不行。你也說可能是鴻門宴，萬一陛下真要對付我，那你也不能倖免。」

小嵐還要爭取，韓信擺擺手，說：「你別再說了，不管怎樣，我都不會讓你去冒險的。」

小嵐怏怏不樂的，她嘟起嘴，不作聲了。

第十四章

危機四伏的賞花大會

天剛亮，韓信就起來了。離仰雲山有很長一段路，他作為臣子，得先趕去那裏，迎接皇帝到來。

殷嫦比他起得還要早，看着丫環侍候韓信吃好早飯，又穿好衣服，然後親自把丈夫送到門口。跟隨韓信去仰雲山的老石，早已牽着兩匹馬等在門口。

殷嫦身體已漸漸好轉，見到陛下邀自己丈夫去賞梅，心情更好了很多，臉上已不見病態。韓信見了，心裏很是安慰。

韓信四處瞧了瞧：「紫鵑和恪兒呢，還沒起來？」

殷鵑笑着說：「這兩個孩子，昨晚玩飛行棋，非要決出勝負才睡。一直玩到深夜，還是我去沒收了棋盤，才把他們轟去睡了。現在應該還在夢中呢！」

韓信眼裏露出寵溺的神情，說：「讓他們睡吧，免得紫鵑見了我又吵着要跟去。」

他又對殷嫦說：「你病還沒全好，再睡一會

吧！」

殷嬙説要等韓信走了再去休息，但韓信又非要殷嬙先回去他才上馬，殷嬙爭不過丈夫，便只好先行回房去了。

韓信看着殷嬙回了房間，才躍上了馬，一揚鞭，馬兒便跑了起來。身後一會兒也傳來了馬蹄聲，老石跟着策馬跑來了。

天色還早，街上行人不多，韓信的馬跑得挺順暢的，很快便走出街道，轉入了上山的小路。這時太陽已出來了，給大地灑上一層金色，韓信呼吸着早晨新鮮的空氣，覺得神清氣爽。

「老石，你媽媽的病怎麼樣了？你來了京城這段日子，誰替你照顧她？」韓信想起了老石生病的母親，便關心地問。

「……」背後傳來一陣含糊的回答，聽不清説什麼，而且聲音怪怪的。

韓信心裏奇怪，便回頭看了看。

「啊，怎麼是你？！」韓信大吃一驚，猛地勒住馬。

「嘻嘻，我……我……」跟在後面的人不知什麼時候掉了包，變成男孩打扮的小嵐了。

原來，鬼主意多多的小嵐，早就説服了老石，合

謀「作案」。她一大早便起了牀，趁着大院外面守衞士兵打瞌睡時，爬牆跑了出來。當韓信和老石經過一條橫街時，早已等在那裏的小嵐悄悄跑出來，騎上老石的馬跟在韓信後面，而老石就快速躲進了橫街。韓信一路策馬奔馳，一直沒有回頭看，所以全不覺後面的老石已換成了小嵐。

「胡鬧！你趕緊回家去！」韓信生氣地説。

「你讓我一個人回去嗎？我不認識路，我會迷路的。」小嵐扮可憐。

韓信皺着眉頭，望着小嵐。他其實也怕小嵐一個女孩子回去不安全，但要是自己把她送回去再往仰雲山，時間又來不及了。

小嵐説：「不怕啦，就讓我跟你去吧！你也説了，陛下沒道理當着那麼多大臣傷害你的，説不定他這次是特意利用你，在大臣那裏表示自己的寬宏大量。」

韓信看看時間已不早，要馬上上山了，只好無可奈何地説：「好吧，你就跟着我去。不過，你記住，如果發生什麼事，你不用管我。你第一時間逃走，別回大院了，徑自回淮陰去。」

小嵐朝韓信敬了個不倫不類的軍禮，説：「遵命，王爺哥哥！」

韓信瞪了小嵐一眼，哭笑不得：「鬼丫頭，快走吧！」說完一抖馬韁繩，策馬上山。

　　和風陣陣，送來梅花清香，再走了不一會兒，便見到無數棵梅花栽植於上山路兩側，紅梅、白梅相間，一簇簇、一朵朵，簇擁着從枝丫間探出頭來，風景如畫，人在畫中行。

　　「哇，好美啊！」小嵐不由得發出由衷讚歎。

　　往上走了一會兒，便聽到人聲，遠遠見到許多身穿便服的文臣武將，已等在一處開闊地裏，三五成羣，相互寒暄問候。

　　見到韓信來到，一些怕事的人都別開臉，裝作沒看見，免得被當作同謀。而一些韓信以前的部下，就不避嫌疑，主動跟韓信行禮打招呼。

　　韓信微笑回禮，他心裏也怕給軍中好兄弟添麻煩，打過招呼後，就帶着小嵐躲到一邊，盡量低調。

　　過了不久，聽到山下傳來許多馬蹄聲，眾人知道是陛下和保護他的御林軍到了。於是紛紛在山路兩邊跪下，迎接皇帝劉邦。

　　小嵐跪在韓信身邊，見到那隊人馬走來，領頭一人大約四十五六歲，身穿一身便裝，留兩撇小鬍子，身材不算高大，但霸氣十足。

　　小嵐一眼便認出，這就是回京路上見過的、坐在

明黃色馬車裏的人——大漢開國皇帝劉邦。

只見劉邦緩緩走近，伸手做個「起來」的手勢，說：「眾卿家，起來吧！」

「謝陛下！」眾人紛紛起身。

劉邦下了馬，又吩咐御林軍首領在各條山路上設置警戒，不許任何人上山來。之後，就由一班臣下簇擁着，走向前面那片開得正爛漫的梅花林。

一罈罈酒早已放在梅樹下，地上擺放的一張張草蓆上放着食物和酒，劉邦手一揮，說：「眾卿家，我們君臣今天都不用拘禮，只管隨便賞花，大口大口吃肉，大口大口喝酒，一醉方休！」

一班文武大臣聽了，如獲大赦，哄的一聲都散開了，三個一羣，五個一堆，興高采烈地賞花喝酒去了，只留下四五個近臣和幾名貼身護衛跟着劉邦。

韓信帶着小嵐遠離人羣，兩人在花間漫步，欣賞梅花，倒也十分愜意。

走了一會兒，見到一名叫廖全的將軍，一個人優哉悠哉地迎面走來。他一手拎着一罈酒，一手捧着盤熟肉，東張西望的，像是在找尋合適地方坐下品嘗美食。廖全見了韓信，馬上滿臉笑容地走過來，朝韓信作了個揖，說：「楚王爺，好久不見。」

韓信點點頭，說：「廖將軍，怎不跟其他同僚一

塊喝酒？」

廖全說：「他們在吟詩作對，我自知才疏學淺，獻醜不如藏拙，所以躲開了。相請不如偶遇，如楚王爺不介意，我們一塊喝酒好不好？」

廖全這人帶兵打仗不怎樣，但拍馬吹牛卻是擅長，韓信對這人向來沒多少好感，只是人家盛意拳拳，也不好推卻，便微微一笑，說：「好。」

廖全聽了，顯得異常興奮，便和韓信一道走，一邊走一邊問韓信近況，表示十分同情他的遭遇，還信誓旦旦，說一點也不相信韓信會謀反。還說自己曾多次在皇帝面前替韓信鳴冤叫屈，只是人微言輕，陛下不理會罷了。

小嵐在後面跟着，不時朝廖全看一眼。觀其言察其行，這人分明是個口不對心的媚諂小人。

三人走着走着，走到一個岔路，廖全指指右邊，說：「走這邊吧！這條路的盡頭叫香雪谷，那裏有一片開得很好看的梅林。」

「好。」韓信隨口答應，跟着廖全走上右邊山路。

又走了一會，這時離其他人所在位置已經很遠，連嘈雜的聲音都聽不到了。這時，果然見到前面一大片梅花，開得極為茂盛。

「好地方！」韓信大聲讚道。

「楚王喜歡，那太好了，我們就在這裏坐下，喝酒賞花。」廖全說。

於是，韓信和廖全找了塊乾淨地方坐了下來，小嵐以小廝的身分，給兩人倒酒，然後靜靜地站在韓信身後。

廖全繼續諂詞不斷，對韓信一味奉承巴結，不斷地勸韓信喝酒吃肉。而他自己也一杯接一杯、一塊肉接一塊肉地吃喝着。

過了一會兒，廖全突然臉色一變，捂着肚子說：「糟糕，肚子痛。」

韓信看了看他，見他臉色發白，額頭還滲出冷汗，便說：「很痛嗎？要不你跟陛下說一聲，先回家吧！」

「不用不用！」廖全站起身，說，「我上上茅廁就行。楚王別離開，你等我回來，我們繼續喝。」

他站了起來，捂着肚子找茅廁去了，走了幾步又回過頭來：「楚王爺別走啊，等我回來，咱們不醉不歸。」

韓信點點頭，他才急急地走了。

小嵐看着廖全的背影，說：「哥哥，怎麼我總覺得這人鬼頭鬼腦的，好像有什麼古怪。」

韓信笑了笑，說：「我知道。這人素來是喜歡拍

馬吹牛的人，只是我待罪之身，他不怕受牽連，主動結交，也屬難得了。」

小嵐聳聳肩，反正她感覺廖全這人有點不正常，但又說不出不正常在哪裏。

小嵐雖然警覺，但她卻一點沒有料到，廖全竟是劉邦和呂雉的「殺韓」陰謀裏的一隻棋子，更沒有料到，一場奪命危機即將發生。

第十五章

陰差陽錯皇帝遇刺

此刻，劉邦在哪裏呢？他和幾個近臣賞了一會兒梅花，喝了一會兒酒，就借口要散步消消食，帶着兩名護衛走開了。他悄悄走到香雪谷，找了一個能清楚看見下面情況的小山崗，登了上去。

看看頭上太陽，離正午還有一段時間，便叫護衛把帶來的一罈酒拿來，坐下慢悠悠地喝了起來。他在等着看好戲呢！

他已安排一班高手，於正午時分到達香雪谷刺殺韓信。之所以選這個地方，是因為遠離眾大臣賞梅之地，這裏發生什麼事也不會驚動那邊，省得有韓信的忠實下屬聞聲來救；二來，這裏有一面是懸崖，韓信遇刺時要逃走就少了一條生路。

為了令韓信進入香雪谷，他找到心腹大將廖全，命他裝作偶然碰見，引韓信進入陷阱。

當下劉邦剛坐下，就見到韓信一行三人來到香雪谷，又見到廖全拚命給韓信勸酒，心裏暗暗高興，心

想計劃已一步步走向成功了。

　　沒想到，韓信剛喝了幾杯，那廖全就不知為什麼捂着肚子跑了。想是去茅廁吧！劉邦心裏不禁暗罵一聲：「真是成事不足敗事有餘的東西！萬一韓信走了，那怎麼辦！」

　　劉邦緊緊地盯着韓信，生怕他突然走掉令他計劃落空，卻不提防旁邊有一羣人提刀衝了上來，當他和兩名護衞發現時，已距離不到幾十步遠了。

　　劉邦第一反應就是，這些就是安排殺韓信的刺客，他們來早了。但見他們氣勢洶洶朝自己衝來，又馬上想到是刺客認錯人了，把自己當成了韓信。

　　所以，當刺客衝到跟前時，劉邦仍沒想到要逃跑，只是喊道：「喂，你們誤會了，我是當今皇帝！」

　　沒想到，那班人之中的一個高喊道：「沒有誤會！我們要的就是你狗皇帝的命！」

　　兩名護衞是劉邦心腹，也知道「殺韓」計劃，所以一開頭也跟劉邦一樣，以為這幫人是來殺韓信的，把皇帝誤作韓信了。

　　直到見到刺客直撲向劉邦，才反應過來，這些人根本就是來殺陛下的，這才急忙抽出腰刀，保護劉邦。

但是，那些刺客都是武功高強的人，而且有八個人。兩名護衞又要保護劉邦，又要同時抵禦刺客，竟漸漸處於下風。

　　再說韓信和小嵐正在梅林中聊天，忽聽得不遠處有噹噹的刀劍聲，還有喝罵聲，兩人不禁同時起身，朝小山崗那邊看去。

　　小嵐說：「莫非有刺客？有人來行刺陛下和大臣？」

　　「陛下不是說這山上已經預先搜索了一遍，除了今天來賞花的君臣，再無其他人了嗎？」韓信很是疑惑，他想了想，說，「走，咱們看看去！」

　　兩人向小山崗走去，越走越近，漸漸看到山上情況，是兩幫人在對打，而對打的其中一方，竟是⋯⋯

　　「是陛下！」韓信大吃一驚，馬上飛快地朝山崗上奔去，邊跑邊扔下一句，「紫鵑，你找個隱蔽處藏好，我去救陛下！」

　　這次賞花大會除了御林軍和皇帝的貼身士之外，不論文臣武將，都不能攜帶武器，韓信這樣赤手空拳跑去救人，十分危險。小嵐急得大喊一聲：「哥哥，你不能去！」

　　但韓信轉眼已跑了幾十米。小嵐怕韓信有危險，便不管不顧地追了上去。

韓信跑到山崗上時，劉邦和兩名衛士的處境已是萬分危險。那八名刺客，對付他們三人，在人數上已佔上風。加上刺客武功高強，劉邦他們根本招架不住。兩名衛士身上已有數處受傷，而劉邦手臂也被劃了一刀，三人只是垂死掙扎而已。

　　「大膽刺客，竟敢刺殺當今聖上！」韓信大喊着，衝進了戰圈。

　　那些刺客見了，忙分出兩人來對付韓信。韓信本來也是武功高強之人，無奈赤手空拳，加上早前被關在天牢裏也損害了他的健康，所以，以一人對付兩個持刀刺客，就感到十分吃力。一名刺客看準韓信防衛上一個空檔，揚起大刀，就向他劈去。危急關頭，小嵐到了，她抬腿一個飛踢，把刺客踢得一個趔趄，大刀劈空，救了韓信一命。

　　「紫鵑，你快走！這裏危險！」韓信一見小嵐，急得大叫。

　　「放心，我會留神的！」小嵐説完，又伸出腿，踢向另一名刺客。

　　小嵐學的跆拳道，是不用武器的，這對手無寸鐵的小嵐來説是個優勢，但可惜她面對的是體壯力健的大漢，她的飛腳也只能令他們暫時亂了陣腳而已。但是小嵐面對強敵沒有退縮，她決不能讓哥哥陷入絕

境，她要跟哥哥並肩作戰。

　　兩人合力對付刺客，也只能防守無法進攻。韓信看看劉邦和兩名衞士被另外四名刺客壓住來打，明顯處於下風，便對小嵐説：「紫鵑，你快去叫人，叫人來救陛下！」

　　小嵐怕自己走了韓信有危險，不肯離開。韓信急得大喊：「快去！你想我們所有人都死在這裏嗎？」

　　小嵐聽了，無奈地説：「哥哥，那你小心，我很快回來。」

　　小嵐説完，又一腳踢翻一名拿刀亂砍的刺客，然後轉身就跑。

　　小嵐拚命地跑啊跑，跑回眾人賞花處，大叫道：「諸位，香雪谷有刺客，快去救陛下和楚王爺！」

　　「啊，怎麼會有刺客？這裏不是有御林軍守着嗎？」

　　「如果真有刺客，那陛下危險了。咱們快去救駕！」

　　一幫人正準備跑去香雪谷，這時，廖全哼着小曲回來了。這傢伙本來經劉邦授意要把韓信灌醉，誰知韓信未醉自己卻吃壞了肚子。等他上完茅廁，肚子不痛了，回到梅林卻不見了韓信，正疑惑間，又見到不遠處的小山崗刀光劍影，喊殺聲震天。還以為是殺韓

信的刺客到了，跟韓信對打，一路打到了小山崗上。

他心裏得意，以為皇帝交給的任務完成了，相信皇帝許諾的好處也快到手了。他高興得哼着曲兒往回走，準備向劉邦報功去了。

見到小嵐帶着一班人要去香雪谷，他嚇了一驚，以為大家去救韓信，便張開手一攔，說：「什麼事，你們要去哪？」

一個大將軍說：「快讓開，我們去救陛下！」

廖全一聽，以為是小嵐故意誤導大家，把韓信遇刺說成了陛下遇刺，讓眾人趕緊去救。便說：「陛下哪有什麼事，我剛剛還見到他在喝酒賞梅呢！」

「啊，真的？」如果兩相比較，是相信一個不認識的小家丁還是相信一個同僚，大家當然是選擇後者了。當下眾人用懷疑的眼光看着小嵐，有個大臣還喝道：「小子，你捉弄大臣，該當何罪！」

小嵐急了，說：「如果不信我，耽誤了救陛下，你們通通都是死罪！不想死的跟我來！」

小嵐也不管有沒有人跟着，自己已箭一般跑向香雪谷。她心裏着急，生怕韓信有危險。

文武百官聽到小嵐這樣說，有的仍一動不動選擇不相信，有的寧可信其有不可信其無，生怕真有其事而自己救駕不力被罷官被砍頭。也有韓信的舊部，擔

心王爺安危，所以，有一半人留在原地不動，有一半人就跟在小嵐後面向香雪谷跑去。

十幾個身壯力健的武官和小嵐最先跑到香雪谷，遠遠望向小山崗，果然見到兩撥人在打鬥，而作為一方的四個人，已是招架不住。

「陛下，真是陛下！」

「楚王也在上面！」

「不好了，陛下那兩個衛士倒下了！快去支援！」

大家拚命跑着，就在距離十幾步時，他們驚恐地看到，一個刺客舉劍刺向劉邦胸口，而劉邦也許是筋疲力盡，竟然不懂得躲避……

「陛下……」幾十把聲音在發出哀鳴……

正在這時，正在劉邦身側的韓信，一下撲了過去，把劉邦一推……

刺客的利劍一下刺中了韓信，韓信軟軟倒下。

「哥哥！」小驚叫一聲，撲了上去。

這時，眾武官已經跟刺客打成一團。他們雖然都沒有武器在手，但勝在人多，用拳頭也打得刺客大敗。這時，劉邦帶來的御林軍也已經趕到，一下戰局扭轉，刺客無心戀戰，慌忙逃跑，最後被抓住六個，兩個逃走了。

「哥哥，哥哥，」小嵐見到韓信昏迷在地，胸前

衣衫染滿鮮血，急得大哭起來。

　　劉邦這時也爬起身走過來，他默默地看着韓信，臉上神情複雜。不管他怎樣心狠手辣，但對着一個本來布局想殺的人，卻在危險關頭救了他，即使是鐵石心腸，也會被感動了吧！

　　片刻，他手一揮，喊道：「來人，快把楚王抬下山，送到宮中，讓御醫全力搶救！」

　　劉邦回宮不一會兒，宮裏醫術最好的文御醫就趕了過來，給他檢查身上傷口。

　　呂雉也驚慌失措地從後宮跑來了，她一臉緊張地問文御醫：「陛下的傷要緊嗎？」

　　文御醫檢查後，說：「皇后放心。雖然有十多處刀傷，但都是淺淺的，只是皮肉傷，頂多十來天就可以痊癒。」

　　呂雉這才鬆了一口氣。

　　文御醫給劉邦的傷口上了藥，細心包紮好，然後又給一旁的太監總管詳細地講着注意事項。

　　劉邦看了文御醫一眼，吩咐道：「你趕快去看看楚王，情況怎樣，你叫人來告訴朕。」

　　「是，陛下！陛下，皇后，臣告退。」文御醫朝劉邦和呂雉分別鞠躬，然後轉身離開。

　　呂雉從宮女手裏接過一盅參茶，試了試熱度，遞

給劉邦：「陛下，喝點參茶吧，等會我叫人燉些雞湯，給您補補。」

劉邦接過參茶，喝了幾口，又悶悶地放回桌上。呂雉叫一班侍候的太監宮女退下，問劉邦：「陛下，究竟發生了什麼事？不是安排了刺客殺韓信的嗎？刺客怎麼變成對付陛下了？」

劉邦懊惱地一拍桌子，說：「我也不知道，那班人見了我就衝過來，我開始還以為他們把我當韓信了，但他們卻說要殺的就是我。」

呂雉說：「抓到人了嗎？」

劉邦說：「抓到六個。已命陳平秘密審訊。」

陳平是劉邦的心腹大臣。劉邦這次安排「刺韓」連蕭何也不知道，只是秘密知會了陳平，讓他負責安排人手。因為不知那些刺客會說出什麼內幕，所以劉邦指定了陳平秘密審訊。

呂雉說：「陛下先去休息吧，您身上有傷呢！」

劉邦搖搖頭：「不。發生了那麼大一件事，我怎麼睡得着！我還是在這裏等吧，應該一會兒就有消息了。」

呂雉沒法，只好喚過太監總管，命他好好照看陛下，自己親自往找御廚，監督為陛下做補品去了。

不一會兒，衛士來報，文御醫派了人來稟告楚王

傷勢，另外大臣陳平也來求見。

劉邦說：「先宣御醫吧！」

一名年青御醫行了參拜大禮後，說：「陛下，文御醫已給楚王檢查過，楚王的傷雖然重，但沒有生命危險，休養一段時間就能痊癒。」

劉邦聽了，目無表情地一揮手，讓御醫離開。

一名中年官員接着上殿：「臣陳平參見陛下。」

劉邦問：「審訊結果如何？」

陳平答道：「已查清楚了，八名刺客都是項羽以前的手下，他們的目的是刺殺陛下，為項羽報仇。他們選擇了跟『刺韓』計劃差不多的時間和地點，只是湊巧而己。」

劉邦一拍桌子：「好一班狗膽包天的反賊！」

他皺皺眉頭，又問：「那我們安排的那班人去哪了？」

陳平說：「他們到達預定地點時，救駕的文武大臣已經來到。場面亂糟糟的，他們也不知發生什麼事，而指定地方又不見韓信，只好不聲不響地走了。」

「真是豈有此理，這班賊子，把我們好好的計劃給破壞了！朕還差點喪命。說來也多虧了韓信，要不是他擋了一劍，朕可能已經沒命了。」劉邦十

分惱火。

陳平一臉討好地說：「陛下洪福齊天，不是那些刺客可以傷到的。只是當時文武百官那麼多雙眼睛看着楚王救了陛下，陛下再要處置韓信就更難了。」

劉邦心裏挺懊惱的。不管怎樣，韓信也是用自己的血肉之軀救了自己，現時身負重傷，難道還要處置他嗎？只是，留着他始終是個禍害。

陳平看了劉邦一眼，說：「依臣看，先留着他一條命，讓他將功折罪，奪去封地和王爺封號，降為侯爵。另外把他軟禁在京城，置於陛下眼皮底下，這樣他即使有謀反之心，也逃不過陛下的法眼。日後再想辦法除去就是。」

劉邦歎了口氣：「好，就由你擬旨吧！韓信因意圖謀反罪，本應賜死，念他今次救駕有功，就饒他一命，降為淮陰侯。韓信重傷不宜搬動，就讓他先在宮裏住着，過幾天再把他送回家吧！你這幾天給他在京城找座房子做淮陰侯府，讓他一大家子搬出那破院子。」

陳平說：「臣遵旨！」

第十六章

可憐的小太子

小嵐一直守在韓信身邊，直到他醒過來。

「哥哥，你醒來了。太好了！」小嵐一臉驚喜。

韓信虛弱地笑了笑：「紫鵑，讓你擔心了。」

他又看了看周圍，問：「這是哪裏？」

小嵐說：「這是太醫院。你被刺客刺了一劍，流了很多血。幸好沒傷到要害。你已經昏迷一天一夜了。」

韓信突然想起什麼：「家裏知道嗎？先別告訴阿嬌我受傷的事，她會很擔心的。」

小嵐不開心地說：「陛下已派人去說了，嬌姐姐一聽馬上昏倒了。」

韓信顯得很焦急：「啊，現在怎樣了？」

小嵐說：「我昨晚回去了一趟，她已經醒了，只是精神很差，很擔心你。不過哥哥請放心，府中各人都很齊心，王管家讓我告訴你，好好養傷，家裏的事，他會照顧好。」

「難得的忠僕。今後本王如果還能活下去，一定不會薄待他們。恪兒呢，他怎樣了？」

小嵐說：「恪兒吵着要來看你，我把他勸住了。有軍隊守着，他也出不來。」

韓信說：「唉，可憐的孩子，小小年紀就經磨歷劫。」

小嵐安慰說：「哥哥放心。恪兒雖小，但挺懂事的，這些災難會讓他更加堅強。」

小嵐看着韓信蒼白的臉容，說：「哥哥，我很不理解，你明知陛下處心積慮要殺你，為什麼還要捨命救他。如果他死了，不對你更有利嗎？」

韓信歎了一口氣，說：「陛下死了絕對不是好事。大漢剛立國，根基還不穩，社會百廢待興，而太子才九歲擔不起治國重任。如果陛下死了，必有大亂。到時各方勢力為了爭奪皇位，必定戰爭又起。咱們的百姓已經苦了多年，我不能讓他們再受折磨了。」

小嵐心裏暗暗歎了一口氣，劉邦啊劉邦，像韓信這樣忠心為大漢的人，你卻要千方百計置他死地，你簡直是有眼無珠啊！

這時，有個太監進來，見韓信醒了，便說：「王爺，陛下身邊的張公公來宣旨。」

韓信聽了馬上說：「請他進來。」

張公公進來了，見了韓信便說：「皇上有旨，楚王跪接。」

韓信聽了，從牀上掙扎着要起來。小嵐趕緊住他：「哥哥，你不能動。」

她又扭頭對張公公說：「張公公，楚王為救陛下，重傷在身，不能起牀。請張公公體諒。」

那張公公看樣子也是好說話的人，見韓信虛弱的樣子，便點了點頭，說：「好吧！楚王躺着就是。」

張公公說畢，展開聖旨，唸道：「奉天承運，皇帝召曰……」

小嵐聽了，心裏石頭方才放下。歷史還是按着原來的軌跡，韓信暫時保住性命，降為淮陰侯。

張公公宣旨完畢，就回去向劉邦覆命了。

韓信一臉喜悅，原先蒼白的臉上也有了一點血色，小嵐說：「哥哥，如今你王位沒有了，封地沒有了，還得活在劉邦的監視之下，你不覺得委屈嗎？」

韓信說：「一點不覺得，我反而覺得鬆了口氣。無權無勢，對陛下就再沒威脅，這樣陛下才不會老想着滅掉我。什麼權力地位，只是浮雲而已，一家人平平安安，才是最重要的。」

小嵐心裏暗暗歎氣。韓信哥哥，你這樣想就大

錯特錯了。劉邦不會放過你的，四年後，你還是難逃一死。

不過，畢竟韓信已暫時安全了。小嵐既然來到這年代，就不能讓韓信被害死，無論如何要想個辦法，讓劉邦不敢殺害韓信。

雖然，這事十分難辦，小嵐還沒想到什麼好辦法，不過，天下事難不倒馬小嵐，辦法一定會有的。

小嵐給韓信披好被子，說：「哥哥，你傷重，還是不要多說話了。你好好休息，爭取早日好起來，我們早點回家。」

「嗯。」韓信說完閉上了眼睛。

小嵐悄悄地掩上門，走出外間，找了本書，靜靜地看了起來。

忽然傳來一陣腳步聲，小嵐抬眼一看，見到敞開的門口站着一個十歲上下的男孩子。

只見他穿着一身明黃色的繡着暗花的袍服，腰間束一根玉帶。雖然臉上還帶一點嬰兒肥，但已初具帥哥模樣，鼻直嘴方，眼角斜斜上飛，十分英俊。

小嵐馬上猜出了他的身分，除了皇帝之外，只有太子有資格穿明黃色的衣服，這孩子一定是太子劉盈。

自從韓信受傷後，只是呂后意思意思地來望過一

眼，這小太子，也是來「意思意思」的嗎？

小嵐打量着劉盈，劉盈也在打量着小嵐。太子是未來的皇帝，所以雖然劉盈年紀還小，但所有人都對他畢恭畢敬的，平時碰到除了馬上叩頭行禮外，就低眉斂目，連大氣也不敢出。

可是，眼前這小姑娘，卻如此勇敢自信地看着他。她是誰？她長得真漂亮，嘴角掛着一絲微笑，一雙美麗的杏核眼充滿了智慧的光芒。除了漂亮，她還有一種跟自己見過的女孩子很不一樣的獨特的氣質。

劉盈一下子對這位姐姐有了好感。

「我是來看楚王的，請問你是⋯⋯」劉盈有禮貌地問。

小嵐説：「回太子，我叫紫鵑，是楚王的義妹。」

劉盈點點頭：「楚王的義妹，怪不得如此出色！」

小嵐想，聽話聽音，這小太子好像對韓信很有好感。

劉盈又説：「姐姐，我能進去看看楚王嗎？」

小嵐搖搖頭：「哥哥剛睡着，最好不要打擾他。」

劉盈點點頭：「讓他好好休息吧，聽説他的傷很

重，流了很多血。楚王真是個英雄，聽說這次要不是他替父皇擋了一劍，父皇就危險了。本太子這次來，就是想當面向他道謝的。」

小嵐看了劉盈一眼，自從韓信受傷以來，劉盈是第一個說謝謝的皇家人。

「好，我代表我哥哥接受你謝意。哥哥傷得雖然重，但是沒傷到要害，休養一段時間就能恢復。」小嵐又說，「不過，你別再叫哥哥楚王了，陛下剛剛派人來傳旨，把哥哥降為淮陰侯了。」

「啊！」劉盈睜大眼睛，一臉的不解，「為什麼？楚王救駕有功，連命都差點沒了，現在沒有賞賜，反而被罰。不行，我得去找父皇，看是什麼地方出了差錯。」

「太子，你忘了我哥哥還背着一個謀反罪名嗎？陛下只是把他降為侯，似乎也是開恩了。」小嵐一臉冷靜，她想看看這個小太子怎麼回答。

劉盈皺着眉頭：「說楚王謀反，證據呢？還不是那些奸佞小人在父皇面前說三道四，誣陷忠良。」

小嵐面露微笑，這小太子年紀小小，還分得清是非黑白。不過，他還是太小，沒能看清自己父親的真面目。奸佞小人是有，但最想韓信死的人卻是他父親啊！

小嵐說：「謝謝太子對哥哥的信任。不過，陛下聖旨已經頒下，不可以再改。我哥哥也不會太留戀那些榮華富貴，只求一家人平安，就別無所求了。」

劉盈一臉鬱悶，他低着頭小聲說：「我真想不通，楚王這樣一個為我大漢打下大半江山的大英雄，怎麼還要受這樣的委屈。」

小嵐感動地看着他，說：「我替哥哥謝謝你。」

據史書記載，劉盈為人善良，但他的際遇也很可憐。小時候父母都只顧爭天下，很少管他。他從來都享受不到家庭溫暖。他五歲那年，劉邦和項羽打仗戰敗，劉邦帶着一家人坐着馬車倉惶逃跑，項羽軍隊在後面追着，眼看就要追上了。劉邦為了減輕負擔讓馬車跑快些，竟然把劉盈扔下車，劉盈躺在路中間嚇得哇哇大哭，眼看要被追上來的項羽軍隊踩死了，幸得駕車的漢將夏侯嬰瞧不過眼，寧願得罪劉邦也要停下車把劉盈抱回車上，帶着他繼續逃跑。

劉邦得了天下後，按規定立長子劉盈為皇太子，但因為劉邦喜歡一名姓戚的妃子，曾想過要把他廢了立戚妃的兒子劉如意做太子。幸好所有大臣都反對，才保住他的太子之位。

母親呂雉雖然愛他，但因為權力慾太重，整天只顧算計別人，劉盈很難見到她溫柔的一面。

即使是之後做了皇帝，劉盈也是不幸福的。在呂雉的控制下，他這個皇帝只不過是個任人操縱的木偶，沒有一點話事權。而呂雉統治手段的殘忍，又令他鬱鬱寡歡，終日膽戰心驚，他做了七年皇帝就去世了，死時只有二十多歲。

　　小嵐想着想着，心裏不禁充滿了對這個可憐孩子的同情，她情不自禁地伸手輕輕撫摸劉盈的腦袋，說：「真是個善良的好孩子！多麼希望你將來能幸福。」

　　劉盈愣了愣，從來沒有人這樣溫柔真誠地對待他。親人間的關係疏離，其他人對他敬而遠之，這樣的日子令他感到無比的沮喪和心寒。要知道，他只是一個孩子，一個渴望愛和關懷的孩子。

　　眼前這個姐姐那溫暖的微笑，就像一縷陽光照亮了他冰冷的童年。

　　「姐姐！」劉盈看着小嵐親切的笑臉，情不自禁地喊了一聲。

　　小嵐好像一點不意外，她眼睛笑得彎彎的，應了一聲：「哎！」

　　「姐姐，你陪我玩好嗎？你喜歡玩什麼？」劉盈高興地問，他實在太想有人陪他玩了。

　　女孩子喜歡的，大概就那幾樣，踢毽子、放風

箏⋯⋯雖然這些劉盈都不怎麼喜歡，但有一個漂亮溫柔的姐姐陪着玩，那又另當別樣。

小嵐想了想，有什麼男孩子喜歡的，而自己又感興趣的呢？想了想說：「我喜歡騎馬、射箭？」

「啊，姐姐會騎馬射箭？那太好了！」劉盈高興得不得了，他也喜歡這些啊！「那我們現在就去玩好嗎？」

小嵐看了看一臉興奮的劉盈，對這個寂寞的孩子十分同情，便點頭說：「那好吧，就去半個時辰，免得哥哥醒來找不着我。」

「好啊好啊！」劉盈拉住小嵐的手，興高采烈地跑出去了。

第十七章

打蚊子的大將軍

十天之後，傷情開始穩定的韓信回家了。

當然，他的家，再也不是楚地那座巍峨壯觀的楚王府，也不是之前作為囚犯被軟禁的那間破舊的小院，而是陳平派人給找的淮陰侯府。

當小嵐扶着韓信，從馬車上緩緩下來時，韓信的眼眶不禁馬上紅了。

這個受了重傷都不皺一下眉頭的硬漢，見到不知在門口等了多久的淚流滿臉的妻子，扁着嘴想哭又拚命忍住的兒子，還有眼含熱淚的府中所有家丁丫環，他再也控制不住自己的感情。

只有家人，才是自己最温暖的港灣，只有家，才是最值得珍惜的地方。什麼榮華富貴，高官厚祿，都只不過是過眼雲煙。

「父王！」恪兒大喊一聲，撲到韓信懷裏，他的眼淚再也忍不住落了下來，「父王，你怎麼一次又一次離開我？你別再離開我不好，我好害怕，害怕有一

天一覺醒來你又不見了！」

「好孩子，別哭了。爹爹答應你，再也不會離開你了。」韓信摸着兒子的小腦袋，兩眼含淚。

「真的嗎？父王，咱們拉鈎。」恪兒邊擦着眼淚，邊伸出小尾指，學着小嵐之前和他拉鈎的樣子，鈎住韓信的尾指，說，「拉鈎，上吊，一百年，不許變！」

這樣做了以後，他好像安心了許多，小臉上也露出了笑容。

殷嬙看着韓信，一句話也說不出來，只是眼淚嘩嘩地往下流。韓信憐惜地伸手替她擦着眼淚：「阿嬙，都是我不好，總是讓你擔心，讓你受苦。」

「不，不！」殷嬙猛搖頭，「我再苦也沒有王爺苦，都是我沒用，一點也幫不到王爺。」

小嵐在一旁安慰說：「哥哥，嬙姐姐，別難過了。再難我們也挺過去了，我們今後的日子會好起來的，而且會越來越好的。」

韓信感激地朝小嵐點點頭：「紫鵑，承你貴言。」

殷嬙看小嵐，說：「好妹妹，這些日子幸虧有你。妹妹，姐姐真不知該說什麼感激的話才好。」

小嵐說：「不用說，一句都不用說，我們是一家

人嘛！」

殷嬌拉住小嵐的手，說：「好妹妹，我們是一家人。永遠都是！」

小嵐說：「好啦，我們趕快扶哥哥去休息吧！他傷還沒全好，不能久站。」

殷嬌聽了急忙叫王管家找了兩個家丁來，把韓信扶進臥室。

雖然韓信被奪王爺封號，封地也被收回了，今後只能在劉邦的監視下，做個無權無勢的小小侯爺。但是，侯王府上下人等還是像過節一樣，開心非常。

韓信能脫去謀反罪名，對王府上下來說，從此不用再提着腦袋過日子，已是最好的結果了。

對韓信一家來說，一家人齊齊整整，能每日享受天倫之樂，這就是最理想的生活。

隨着韓信的傷勢痊癒，殷嬌的身體也一天天好起來，臉上也有了血色。而恪兒就是最開心的一個了。每天一睜開眼睛，就可以見到慈祥的爹娘，可以見到小姑姑如陽光般燦爛的笑臉，他感到生活是從沒有過的幸福，小臉一天都是快樂的笑容。

淮陰府也回復了過去的平靜。因為淮陰府比過去的楚王府小了許多，也不用那麼多侍候的傭人，所以在自願的情況下，韓信發放了豐厚的遣散費，遣散了

一部分傭人，剩下的人在王管家的帶領下，有條不紊地投入了工作。

一切都令人覺得，韓府的生活，又重新納入了平平安安、快快樂樂的軌道。連韓信都認為，苦難已經過去，一家人從此可以與世無爭，過上平淡而又安穩的日子了。

只有小嵐這個穿越者才清楚知道歷史的走向：劉邦始終不放心韓信，四年之後，韓信還是被呂雉用計騙進皇宮，在未央宮遇害。

拿什麼拯救你，我的哥哥！小嵐無時無刻都在想這個問題。

「小姐，外面有人找你。」這天，小嵐正在花園裏和恪兒玩踢毽子，老石走過來說。

小嵐停住動作，有人找，在這個時空自己認識誰呢？該不會是惠兒和天兒吧？淮陰那邊事情這麼多，他們跑來幹什麼！

小嵐讓恪兒自個兒先踢毽子，自己跟着老石走去大門口。只見一個樣貌清秀的白衣少年站在門口，見到小嵐出來，歡喜地喊道：「姐姐，姐姐！」

原來是皇太子劉盈！

小嵐走過去，笑着說：「太子弟弟，你怎麼來啦？」

劉盈説：「宮裏沒有人跟我玩，我就偷偷跑出宮，找姐姐來了。」

劉盈説着，抓着小嵐的手，説：「姐姐，我們去騎馬，去射箭，好嗎？我想跟你學射箭，你教我的方法挺好的，我已經初步掌握了要領，可惜你又出宮了。」

小嵐剛要説話，就聽到背後傳來説話聲：「你是誰？」

小嵐扭頭一看，恪兒不知什麼時候跟來了，他一

臉不高興地看着劉盈。

劉盈看了他一眼，説：「我是劉盈。」

「劉盈？我不認識你。你幹嗎叫我小姑姑陪你玩？小姑姑是我的，她只可以陪我一個人玩。」恪兒氣鼓鼓的走過去，兩眼死死地盯着劉盈抓住小嵐的那隻手，然後伸出手，使勁要把劉盈的手指掰開。

偏偏劉盈這太子爺也不是省油的燈，他就是不讓恪兒掰。小不點恪兒哪有劉盈的勁大，他又氣又惱，小臉兒憋得通紅。

小嵐心裏又好氣又好笑，這小傢伙，還吃醋了！

她説：「恪兒乖，這劉盈小哥哥是小姑姑的朋友，就讓小哥哥跟我們一塊兒玩好不好？」

「不！」恪兒一邊專注地對付着劉盈的五隻手指，一邊固執地搖頭。

小嵐哄他説：「這小哥哥有匹小矮馬，可以讓小孩子騎的小矮馬。」

恪兒眼睛一亮，他停下手，問：「真的嗎？小馬在哪裏？在哪裏？」

小嵐看看劉盈，劉盈招了招手，有侍從牽了兩匹馬過來，一匹中等身形的小白馬，還有一匹小得只有七八十公分高的小紅馬。

恪兒一見就高興瘋了：「小馬，小馬！我要騎我

要騎！」

　　小嵐把恪兒抱到小馬背上，又扭頭對老石說：「替我告訴侯爺和夫人，我和恪兒去樹林裏騎馬。」

　　「是，小姐！」

　　恪兒騎在小馬背上，興高采烈的，由小嵐牽着馬韁繩在樹林裏轉了一圈又一圈，小嵐累得要死，恪兒卻精力充沛，不停地唱着歌：「大將軍騎馬去打仗，蚊子見了説，打我呀打我呀；蒼蠅見了説，別打我別打我；老鼠見了説，打我別打我……」

　　這小子唱的什麼呀！小嵐撇撇嘴，決定不再陪他瘋了，於是伸手把恪兒從馬背上抱下來：「好了好了，大將軍，打完蚊子蒼蠅老鼠了，該回家了。」

　　小傢伙意猶未盡，身子像條蟲蟲一樣，纏着小嵐：「不嘛，再騎再騎再騎！」

　　這時候，劉盈騎着馬回來了。小嵐被恪兒霸佔了，他只好跟侍衞一起去騎馬。

　　恪兒見到劉盈那匹小白馬，哇，好像比小紅馬高大威猛哦，於是跑了過去，朝着劉盈眼睛笑得彎彎的，一副狗腿的樣子：「哥哥，哥哥，讓恪兒騎一會兒小白馬，好不好？好不好？」

　　劉盈指了指小白馬的腳，説：「不能再騎了。剛才跑了一段石子路，馬蹄受了點傷。」

小嵐過去一看，果然，那匹馬的蹄兒裂開了。小嵐心裏突然一亮，有了個主意，便説：「恪兒，別纏着哥哥了，我們也該回去了。」

　　劉盈看着恪兒，又看看小嵐，説：「不如我們明天繼續。」

　　恪兒馬上響應：「好啊，贊成！」

　　劉盈看看小嵐，小嵐笑着點點頭。

第十八章

給馬兒穿上鞋子

小嵐回到侯府，馬上去找王管家：「王伯伯，我們家有人會打鐵嗎？」

王管家笑道：「有啊！老石就是鐵匠。以前侯爺常常帶兵打仗，要製造很多兵器，所以特地請了老石等一班鐵匠回來。現在侯爺不打仗了，許多鐵匠都遣散了，只留下了老石。老石平日就替府裏打些菜刀、花鋤，鍋子等等用具，沒事做時就幫着守大門。」

小嵐高興地說：「謝謝王伯伯，等會我自己去找他。」

小嵐謝過王管家，回自己屋裏畫呀畫呀，然後拿着畫好的模型去找老石。

老石拿着小嵐畫的那半月形的東西看了又看，疑惑地問：「小姐，這是什麼呀？」

小嵐說：「這叫馬蹄鐵。釘在馬蹄上起保護作用的。」

老石眼睛瞪得大大的：「咦，這麼神？」

小嵐説：「麻煩你替我打三副，即十二個。」

老石説：「好，沒問題。一晚上給你打好。」

老石是個爽快人，説幹就幹，生起爐子找出打鐵工具，就咣噹咣噹地幹起來了。不到兩個時辰，就按小嵐的圖樣打好了三副馬蹄鐵。

小嵐拿着打好的馬蹄鐵看了又看，喜滋滋的對老石説：「石大叔，明天早上還得麻煩你一次，幫忙把這馬蹄鐵裝到馬蹄上。」

老石笑着説：「行，小姐什麼時候要幫忙，喊一聲我馬上就來。」

第二天一早，劉盈又來了，他帶來了三匹馬，除了昨天那匹小矮馬外，另外有兩匹黑馬。

恪兒還想着昨天那匹白馬，便問：「哥哥，你的小白馬呢？我要騎小白馬！」

劉盈説：「小白馬的腳受傷了，不能走路。你還小，還是騎小紅馬吧！」

恪兒不高興，嘟着嘴説：「不，我不喜歡小紅馬，我就要小白馬！你不讓我騎小白馬，我就不許你跟小姑姑玩！」

恪兒説完，示威般地盯着劉盈。

劉盈一臉無奈地看着這任性的小傢伙。

小嵐説：「恪兒，你説不喜歡小紅馬，小紅馬會

難過的哦！你看牠淚汪汪的，要掉眼淚了。」

恪兒聽了，忙看看小紅馬，發現牠眼睛裏水亮亮的，好像含着一泡淚。善良的小傢伙心軟了，忙伸手拍拍小紅馬，説：「別哭了，我沒有不喜歡你。我立即帶你出去玩，我就喜歡你一隻。呵，乖！」

劉盈悄悄地朝小嵐翹大拇指。馬兒的眼睛本來就水汪汪的，牠才沒有哭呢！

這時候，老石來了，他放下手裏的工具，就給馬兒釘馬蹄鐵。

劉盈和恪兒見了都十分驚訝，恪兒問：「小姑姑，這是幹嗎呀？」

小嵐説：「這是給小馬穿鞋子呢！我們人要穿鞋子，腳才不容易受傷。馬也一樣，昨天那小白馬就是因為沒有鞋子穿，腳才會受傷的。」

恪兒説：「哇，那太好了！石大叔，你先給我的小紅馬穿鞋子。」

老石説：「好啊，就先給你的小紅馬穿鞋子！」

劉盈站在一邊，一臉驚喜地看着老石給小紅馬釘馬蹄鐵：「這東西真有用嗎？」

小嵐説：「你等會試試看就知道有沒有用了。」

老石很快就給三匹馬釘好了馬蹄鐵，恪兒迫不及待地讓劉盈把他抱上小紅馬，就忙不迭地要催馬

出門去。

　　小嵐趕緊叫一個家丁保護恪兒，小紅馬雖然矮小，但要是從馬背上掉下來，也是有危險的。

　　小嵐和劉盈也上了馬，跟在恪兒後面也出了門。

　　馬蹄鐵踏在地面上，發出「的的篤篤」的聲音，神氣極了。恪兒高興得又唱起那首怪兒歌：「大將軍騎馬去打仗，蚊子見了說，打我呀打我呀⋯⋯」

　　劉盈可不耐煩這樣跟着恪兒後蹓躂，何況他很想試試穿上鞋子的馬兒有什麼變化，便叫小嵐：「姐姐，咱們往大路那邊跑一圈，怎樣？」

　　小嵐正有此意，但沒等她回答，那邊恪兒就大喊：「小姑姑，我也要跟你們去跑一圈！」

　　「好，過來，你跟小姑姑騎一匹馬。」小嵐讓家丁把恪兒抱過來。

　　「不，小姑姑你過來，我們一起騎小紅馬。」偏偏恪兒不幹。

　　「小紅馬太小，承不起我們兩個人的重量。我們還是騎小黑馬吧！」

　　「不行。這樣小紅馬會以為我不喜歡牠，牠會哭的哦！」恪恪振振有詞的。

　　小嵐好鬱悶，好了，這下子掉進自己挖的坑裏了。

「恪兒乖，咱們等會叫石大叔再給小紅馬做一副新鞋子，小紅馬就不會難過了。」

「啊，真的！」恪兒很高興，他趕緊對小紅馬說，「小紅馬，你乖乖地在這裏等着，我跟小姑姑去跑一會兒，很快回來。你乖的話，我們叫石大叔再給你做新鞋子，那你就有兩副新鞋子了。」

看到小紅馬晃了晃腦袋，他高興地說：「小姑姑，小紅馬答應了。」

小嵐讓恪兒在她身前坐好，一手拉住馬韁繩，一手扶着恪兒，然後把馬肚一夾，小黑馬撒開四腿，狂奔起來。

小黑馬果然是好馬，跑得像風一般快，只見到路兩旁的樹嗖嗖地落在身後，恪兒開心得哇哇大叫。

劉盈很快趕上來了，他示威般地回頭朝恪兒看了一眼，就跑上前頭了。恪兒一見急了，喊道：「小姑姑，快點，別讓哥哥超過了！」

小嵐使勁夾了一下馬肚子，又大喊一聲「嘿」，小黑馬這下跑得更歡了，很快又追上了劉盈，劉盈不甘心落後，又策馬奔上前去，就這樣你追我趕的，跑了有半個時辰，才停了下來。

劉盈跳下馬，蹲下身子去看馬蹄，驚喜地說：「姐姐，這馬蹄鐵真神！馬蹄竟然一點事都沒有！剛

才還跑了很長一段石子路呢，要是以前，馬蹄早就受傷了。」

他又對小嵐說：「我明天把家裏另外幾匹馬帶來，你叫石大叔也給釘上馬蹄鐵，行嗎？」

小嵐笑着說：「沒問題。」

「謝謝姐姐！」劉盈高興極了。他又好奇地問，「姐姐，這馬蹄鐵是你發明的嗎？你好了不起！」

小嵐隨口說：「不，不是我發明的……」

小嵐突然想起，這年代還沒有馬蹄鐵呢！便改口說：「哦，是我哥哥發明的。」

劉盈點頭讚歎說：「淮陰侯真聰明！」

第三天一早，劉盈又來了，不過他沒有帶馬來。他把小嵐喊到一邊，囁囁嚅嚅地說：「姐姐，不好意思，沒經過你們的同意……」

原來，昨天劉盈把三匹馬帶回皇宮時，剛好碰到劉邦和呂雉，他們都對馬腳上的馬蹄鐵很感興趣，便找人來照樣子打了幾副，裝到幾匹軍馬的腳上。劉邦又命人騎着馬到外面跑了一個時辰，回來一看馬蹄竟然毫無損傷。

劉邦歡喜得哈哈大笑，因為在京城有一支騎兵部隊，每年都有為數不少的馬匹因為馬蹄受傷而被迫退役，馬匹的折損率極高，成為一筆很龐大的國庫支

出。現在好了，有了這馬蹄鐵的保護，馬匹用於軍事上的壽命會長很多，這怎不叫劉邦喜上眉梢！

於是，劉邦馬上命人叫來兵部尚書，命令他馬上招募鐵匠，務必在一個月之內，把騎兵部隊的馬匹全部釘上馬蹄鐵。

劉盈又高興又不安。高興的是，沒想到這馬蹄鐵竟然可以起到這麼大的作用，不安的是，這可是人家淮陰侯的發明啊，怎麼問也不問，就盜用了呢！

劉盈大着膽子，向他父皇說：「淮陰侯的發明為大漢作出了貢獻，父皇可否下旨進行嘉獎？」

沒想到劉邦滿不在乎地說：「他韓信是我的臣下，臣下為國家作點貢獻，是很應該的。他把好東西藏起來，不主動貢獻給國家，我不降罪於他，已是格外開恩了。你明天去問問他，可有其他發明，一併獻給朕！」

劉盈聽了心裏挺鬱悶的，有這樣霸道的嗎？但又不敢逆父親的意，只好一大早來跟小嵐道歉了。

小嵐聽完心裏可氣了，你劉邦也太無恥了吧！好，你還想要其他發明嗎？我就做些好東西出來，但又不把方法告訴你，讓你眼紅，讓你流口水，讓你羨慕得死去活來……

小嵐突然想到了什麼，心胸豁然開朗，不由得興

奮莫名。對呀，你劉邦要發明，我就用發明來牽着你的鼻子走，讓你乖乖地聽話，讓你不敢動韓信哥哥一根手指頭⋯⋯

小嵐真想放聲大笑。「救韓」大計，有望成功了！

劉盈打量着小嵐：「姐姐，你好像很高興的樣子。」

小嵐美滋滋地說：「沒錯，你姐姐我糾結了很久的事情，終於有解決方法了。」

第十九章

劉邦打賞十個大餅

　　劉邦把京城騎兵部隊使用的馬匹全部釘上馬蹄鐵，反應非常好，於是，劉邦又下旨，令全國各地的軍隊，都仿效這做法。一時間，各地紛紛上表，盛讚皇帝這一偉大的創舉，令到所有騎兵部隊不但戰鬥力大增，而且節省了不少軍費開支。

　　這明明不是劉邦想出來的方法嘛，可他竟然不作解釋，將那些讚美照單全收。嘗到了甜頭，劉邦心裏喜滋滋的，不禁坐在那豪華宮殿裏胡思亂想——

　　一項小發明，就可以帶來這麼多好處，既省了錢，又有利於軍隊建設，最重要的是替自己大大地長了臉、貼了金。農民出身的劉邦，一向怕被別人看不起，要是自己時不時弄點利國利民的發明出來，那誰還敢說自己沒見識沒文化呀！

　　真沒想到韓信那小子除了會打仗之外，還懂得發明這些好東西，真不知小時候他媽餵他什麼，吃得他這樣聰明。哼哼，反正朕現在把他軟禁在家，閒着也

是閒着，不如就讓他多動腦筋來點發明創造，繼續為自己這個大漢皇帝的貼金事業發光發熱。

想到這裏，劉邦便派一名傳旨太監到御膳房，捧了一籠他中午吃剩的蒸餅，去淮陰侯府傳口諭並賜食。

傳旨太監讓一名小太監捧着蒸籠，兩人很快去到淮陰侯府。守門的家丁不敢怠慢，馬上把兩人迎進客廳。

韓信接到家丁稟報，説是皇帝皇恩浩蕩給淮陰侯賜食，不禁心中納悶，心想這劉邦不是一直以來都討厭自己嗎？現在怎麼大發慈悲，給自己送吃的來了。

小嵐在一旁聽了，心想，一定是因為馬蹄鐵的事，來獎賞韓信。心想劉邦這傢伙還算有點良心。

於是，包括韓信夫婦，小嵐，恪兒，還有府中眾丫環家丁，一齊出去接旨。

太監見有關人等已經跪下接旨，便大聲説：「淮陰侯聽旨，皇帝口諭，韓卿家獻馬蹄鐵有功，現御賜食物，以作鼓勵。希望韓卿家繼續努力，有所發明，有所創造，讓聰明才智為國效力。朕靜待佳音。欽此。」

太監把那個臉盆般大的蒸籠交到韓信手上，便走了。

韓信根本不知小嵐弄出馬蹄鐵一事，所以聽那道口諭聽得莫名其妙，剛要問小嵐，對蒸餅籠子早已虎視眈眈的恪兒早已跑了過來，把蒸籠蓋子一揭：「看看皇帝給我們送什麼好吃的東西！」

那些丫環家丁全都眼巴巴地盯着看，都以為皇帝送的一定是什麼奇美珍饈，怎知只是十個普通到不能再普通的蒸餅，都不禁一齊發出一個聲音：「唓！」

小嵐撇撇嘴，還以為這皇帝良心發現要獎勵韓信呢，誰知道賜的是幾個破蒸餅！不過，也能理解，這自以為是的皇帝，大概以為給臣子賜片垃圾都已經是皇恩浩蕩吧！

韓信揮揮手，叫王管家把那被所有人鄙視過的蒸餅送到廚房，然後對小嵐說：「紫鵑，你跟我來。」

他已經猜到那什麼馬蹄鐵，十有八九是小嵐鼓搗出來的。

兩人在書房坐下，韓信問：「紫鵑，告訴哥哥，剛才皇帝的口諭究竟是怎麼一回事？」

小嵐知道瞞不過韓信，便說：「事情是這樣的……」

接着一五一十地把自己怎麼給劉盈的馬裝上馬蹄鐵，又怎麼讓劉邦看到了，毫不客氣地命人照樣打造，用在了所有騎兵部隊的馬匹上。

小嵐叫老石把一副打好的馬蹄鐵拿來，韓信拿在手上仔細看着，眼裏透着驚喜：「紫鵑，這東西是你想出來的嗎？」

　　這東西在後世使用十分普遍，但小嵐無法解釋，也只好默認了。

　　「真是好東西啊！」韓信興奮地一拍桌子，「早些年我走馬戰場，就常常因為馬蹄損傷削弱了戰鬥力。紫鵑，你太聰明了！」

　　小嵐有點臉紅，這聰明人並不是她呀！

　　「這下子，我們大漢的騎兵部隊武裝到了馬腳上，一定更加所向無敵了。」韓信看看小嵐，説，「你這小丫頭，怎麼把這好東西説成是我發明的呢！」

　　小嵐興奮地説：「哥哥，起初我也只是隨口説個名字，但後來想想，把功勞放在你身上也未必不好。這起碼讓劉邦知道你的作用，他想欺負你的時候，也得慎重考慮，如果我們今後再有什麼新發明，就可以用作跟劉邦談條件之用。」

　　韓信苦笑着搖頭：「你以為陛下有那麼笨嗎？那麼容易讓人擺布。」

　　小嵐説：「反正他肯定不是個聰明人。要他真是聰明的話，就不會濫殺功臣，自毀長城了。」

恪兒這時蹬蹬蹬地跑來了：「小姑姑，你説誰不聰明呀？恪兒好聰明的，恪兒和小姑姑一塊搞發明好不好？」

　　「好好好！小姑姑跟你一起搞發明。」小嵐笑着拍拍恪兒的小腦袋。

　　「耶！」恪兒豎起兩隻手指做勝利手勢，這可是小姑姑教他的哦。

　　恪兒想了想又問：「小姑姑，我們準備發明什麼？」

　　小嵐説：「保密。等會再告訴你。」

　　恪兒偷偷地瞟了韓信一眼，湊近小嵐小聲説：「連爹爹和娘親也不讓知道？」

　　「是的。」小嵐顯出一副神秘樣子。

　　恪兒小聲問：「小姑姑，那是不是這個發明只有我們倆知道。」

　　「是的。等發明出來，嚇他們一跳！」

　　「耶！」恪兒興奮得滿臉通紅，「小姑姑，恪兒有個秘密基地，我帶你去那裏搞發明！」

　　「好，Go！」

　　「Go！」

　　「Go？這兩個孩子説什麼呀？」韓信丈八金剛摸不着頭腦。這兩小鬼經常冒出一些新鮮詞語，令他很

是費解。

小嵐和恪兒扔下一臉納悶的韓信，來到了一處幽靜的地方。恪兒得意地對小嵐說：「小姑姑，這就是我的秘密基地。」

小嵐一看，這塊地方位於淮陰侯府的東南角，約有五六十米的大小，被一座坐落在水池上的假山和十幾棵茂盛的大樹擋住，除非特意來這兒，一般路過的人，還真是很難發現這個地方呢！

恪兒得意地說：「小姑姑，恪兒的秘密基地是不是很厲害！我跟小強他們玩躲貓貓，只要我躲到這裏，他們就是找一整天，也找不到我。」

小強是府裏家丁的孩子。

「嗯，不錯不錯。是個搞秘密活動的好地方。」小嵐滿意地點點頭。

「好，那我們就開始搞發明吧。小姑姑，你告訴我，要幹些什麼。」恪兒一副着急的樣子。

「這件事可不能急哦，首先，我們要砍幾根竹子，要嫩嫩的那種。」

恪兒一聽，馬上說：「竹子？小姑姑，我們要搞的發明需要竹子嗎？我知道那邊就有竹林，我們馬上去砍。」

恪兒急急忙忙地拉着小嵐去廚房拿了一把砍柴

刀，又帶着小嵐來到一處竹林。

「小姑姑，這根竹子算嫩嗎？把柴刀給我，我是男子漢，我來砍。」

「去去去，小屁孩一邊呆着，等會你把手指砍下來我還得給你接呢！」小嵐朝恪兒揮揮手。

「唔唔唔，人家才不是小屁孩呢！」恪兒嘟着嘴，委屈地站在一邊。

「嘿！嘿！嘿……」小嵐砍下了三根竹子，接着又把每根竹子砍成幾截。

「小屁孩，幫忙把這些竹子搬回秘密基地，扔到小水池裏。」小嵐説。

「好啊！」恪兒終於被分派了工作，十分開心，也沒留意小嵐叫他小屁孩，一手抓起一截竹子，蹬蹬地就往秘密基地跑。

「撲通撲通……」十幾截竹子，被扔進了水裏。

看着在水池裏一飄一飄的竹子，恪兒又問：「小姑姑，我接着要做些什麼？」

「等！」

「等多少時間？」

「一百天。」

「啊！」恪兒豎起十隻手指，一五一十地數着，最後苦悶地説，「哇，一百天好久啊！我都老了。」

「你才幾歲？等一百天就老了。」小嵐哭笑不得。

「為什麼要等一百天呢？」

「因為這些竹子要在水裏泡一百天才行。」

「哦。」恪兒想了想又問，「小姑姑，你還沒告訴我想發明什麼呢？是好吃的東西嗎？噢，一定是。你發明了把竹子泡在水裏，讓它一百天之後長出竹笋，是不是？」

小嵐笑得肚子都痛了，她用手拍拍恪兒的小腦袋：「竹子泡在水裏一百天就能長出竹笋，你這小腦袋想像力真豐富啊！告訴你，我準備發明能在上面寫字的紙！一張薄薄的，風一吹就能飛起的紙。」

「能寫字的，薄得風也能吹起的紙？哇塞，小姑姑，你好厲害哦！」恪兒眼睛睜得大大的。

即使是年幼的恪兒，也知道在這個年代裏，人們寫字，只能寫在竹片或木片上，稱為竹簡和木牘。現在恪兒每天都要在父親的指導下讀書識字，單是捧着那短短幾十字的用竹片做的書本，就讓恪兒累得小手痠軟。

竹簡的確又笨又重，一塊寫不了幾個字，寫有上萬字的書簡，恐怕得用整整一個大書櫃來裝才行。戰國時的思想家惠施外出講學，帶的書簡就裝了五車，

所以有「學富五車」的典故。不過，這「學富五車」好像也並不是很厲害呀，五車的竹、木書簡，也才幾萬字吧！

在小嵐讀過的史書上，直到公元一〇五年，即劉邦死後三百年，才由蔡倫在總結前人經驗的基礎上，用樹皮、爛麻、破漁網等等原材料造成了適合書寫的植物纖維紙。

小嵐之所以想到造紙，一方面是知道紙張提前問世，對傳播和發展中華文化和世界文化的重大意義，另一方面，她要用這「發明」來救韓信。這紙張一旦製造成功，保證亮瞎了劉邦的眼，到時的話，哼哼……

第二十章

皇帝就是用來要脅的

　　光陰似箭，日月如梭，一百天過去了。當然，這一百天對恪兒來說是十分難熬的，他每天都要來看看那些泡在水裏的竹子，幻想着它們突然有一天跳了起來，變成一張張輕薄的紙，在風中飄呀飄。

　　而在這一百天裏，韓信開始寫起了兵書。因為那兩個神神秘秘不知道在鼓搗什麼東西的小鬼萬一發明失敗，他也可以把自己寫的兵書交出去，那是根據自己在戰場上多年經驗寫出來的兵法書，也是一項發明啊。

　　一百天後，小嵐找來了老石幫忙。為了保密，恪兒要老石對着太陽對着月亮對着府裏的花草樹木、小雞小貓發了很多很多誓，絕不把造紙的事洩漏給任何一個人知道，才讓他進入了秘密基地。

　　接着，小嵐在有破壞沒建設的恪兒以及沒破壞有建設的老石協助下，把泡好的竹子放進一個鐵製的桶內，與石灰一起，煮了八天八夜。然後，把煮好的原

料拿出來在石臼裏捶打，直至打成糊漿。再接下來，又經過蕩料，壓簾，晾紙三個步驟，終於，造出了十多張紙來。

看着潔白平整的紙張，恪兒興奮得大喊大叫，他又把輕薄的紙放在桌上，用嘴去吹，果然，紙一飄一飄的，相信要是有一陣大風吹來，這紙一定會飛到天上去了。

「爹爹，快看快看，這是小姑姑的發明。」恪兒得意地把一張紙放到韓信面前。

正在竹片上寫着兵書的韓信放下筆，驚訝地看着那張平滑潔淨的紙：「這是……」

「爹爹，這叫『紙』，是用來寫字的。這紙好輕好薄，看，恪兒一吹就吹動了。」恪兒熱心地向父親介紹着。

「用來寫字的紙？！」韓信一臉震驚，他拿起紙，掂掂重量，又舉向空中就着陽光仔細瞧着。

小嵐說：「哥哥，你可以試試在上面寫字，看效果如何。」

韓信點點頭，把原先放在書案上的竹片挪開，把紙鋪好，呼了一口氣，然後用毛筆蘸上墨，在紙上寫起字來。

一手瀟灑的書法出現在紙上，流暢、自然。

韓信一拍桌子，連聲説：「好！好！好！」

他定睛看着小嵐：「紫鵑，這紙真是你發明的嗎？」

恪兒搶着説：「是呀，是小姑姑發明的。不過我也幫了很多忙。」

小嵐心裏嘀咕：當然不是我發明的啦！這功勞是中國古代人民的，是蔡倫的。

可是，這話能説嗎？蔡倫要幾百年以後才會出生呢！

只好默認了。

「真是不可思議，不可思議！」韓信兩眼發亮，他又説，「紫鵑，你給我説説，這紙是怎麼造出來的。造價高嗎？」

「很便宜呢！」於是，小嵐把造紙的材料，還有造紙的步驟，一一告訴了韓信。

「太好了，紫鵑，你這項發明真是造福人類啊！了不起，了不起！」韓信由衷地讚美着，又説，「我們把這紙獻給陛下吧，讓天下所有人都受惠。」

小嵐説：「哥哥，獻出去我不反對。但是，有些想法想跟你商量。」

韓信點點頭，説：「你説。」

小嵐説：「第一，得告訴陛下，這紙是哥哥發明

的。」

韓信一聽十分錯愕：「啊，為什麼？」

小嵐説：「是為了讓陛下覺得欠你很多。紙的出現具有重大的意義，將會成為劉邦做皇帝時一項重大政績，成為他在歷史上光彩的一頁。所以，當日後劉邦要害你的時候，也得摸摸自己良心。」

韓信又是擺手又是搖頭。雖然知道小嵐是為他好，但他實在不想這樣做。堂堂男子漢大丈夫，把一個小姑娘的發明佔為己有，他很難接受。

小嵐知道他在想什麼，説：「哥哥，這是個好機會。劉邦害你之心不死，你不為自己着想，也得為嬙姐姐和恪兒着想，為府中上上下下的人着想。況且，我是你義妹，我們是一家人，這發明權是你的還是我的，還不是一個樣？」

韓信仍固執地搖着頭。

小嵐急了，頓腳説：「哥哥，你別這樣死心眼好不好！」

韓信還是搖頭。

小嵐沒辦法，只好悄悄地叫恪兒去找殷嬙。然後，又再苦心婆心地勸説韓信。

一會兒，殷嬙拖着恪兒的手來了，她喊了一聲：「侯爺，紫鵑妹子。」

「阿嬙，你來了。」韓信招呼殷嬙坐下。

「謝謝侯爺。」殷嬙一坐下，兩眼便緊緊地盯着放在韓信面前那張紙，「這就是恪兒說的『紙』嗎？」

殷嬙伸手，小心地拿起那張紙，看看上面韓信寫的字，又掂掂重量，臉上滿是驚喜：「啊，真好，真好！有了這紙，大漢子民就不用在那笨重的竹簡和木簡上寫字了！」

殷嬙把紙看了又看，捨不得放下。過了一會兒，她站起身，突然朝小嵐行了個禮：「紫鵑妹子，姐姐謝謝你。」

小嵐嚇了一跳，忙扶起殷嬙，說：「嬙姐姐你怎麼啦！」

殷嬙說：「我謝謝你為大漢做的一切，謝謝你為我們家做的一切。」

小嵐假裝不高興，嘴一撅說：「嬙姐姐，你是不把我當一家人了！」

殷嬙拉着小嵐的手，眼裏含着淚花說：「紫鵑，姐姐早把你當一家人了。但是，該感謝的還是得感謝。這段時間，你為這個家付出太多了，剛才恪兒把事情都跟我說了，為了救我們，你竟然把這樣重大的發明讓給你哥哥。」

她又對韓信説：「侯爺，你就別辜負紫鵑妹子的一片苦心了。紫鵑説得對，雖然，你這次拚死救皇帝，皇帝逼於無奈暫時留你一命，但時間一長，人們淡忘了這件事，難保皇帝又再起殺心，所以，我們一定要擁有令皇帝難以下手的依仗。這紙的發明就是最好的依仗。」

韓信沉吟着，沒有作聲。

殷嬙又説：「如果侯爺還是不能接受的話，我有個主意，這發明權就由紫鵑和侯爺一齊擁有……」

小嵐一聽很高興，心想，自己怎麼就沒想到這點呢？這樣韓信應會好接受些，當下馬上説：「同意，我同意嬙姐姐意見！」

韓信歎了口氣，默默地點了點頭。

「那太好了！」小嵐高興得拍起手來，「哥哥，我會作為全權代表去跟皇帝洽談，然後就雙方的權利和義務立一個合約。」

「權利和義務？合約？」韓信和殷嬙讓這些新鮮詞唬住了。

只有恪兒見怪不怪。這些日子，他都讓小嵐給洗腦了，小嵐整天新名詞迸出，他都習慣了。

「合約就是立約雙方彼此商訂互相遵守的條件，簽名為據，也稱為『契約』。我要利用條約來保證哥

哥的生命安全。」小嵐本來已草擬好了一份合約，但又怕裏面的內容嚇壞韓信，還是先不讓他知道合約內容好。

韓信眼睛睜得大大的，要陛下跟臣民簽合約，互相遵守？！這可是亙古未有的事啊！從來帝皇都有至高無上的權力，他想怎麼做就怎麼做，有誰敢約束他！

殷嫣也吃驚地說：「紫鵑，雖然陛下肯定很看重這輕薄的紙張，但是，他肯簽訂這樣的合約嗎？」

小嵐一拍胸口，信心滿滿地說：「他會答應的，這樣能讓他流芳千古的好事，他不會放棄的。他敢不答應，咱們就要脅他，不給他紙。哼，皇帝就是用來要脅的！」

韓信和殷嫣瞪目結舌地看着小嵐，只有恰兒在一旁笑嘻嘻地拍着手：「小姑姑好棒啊，我們就是要威脅皇帝。」

小嵐見韓信嚇得不輕，這才想起，這封建社會，皇帝最大，沒有人敢逆他意，更別說要脅了。

她伸了伸舌頭，說：「哥哥，這些話我只會在家人面前說說，在外面絕不會亂說的。你放心，我見到皇帝時，會好好跟他談，一定不會談崩，也不會給他任何藉口傷害我。另外，我跟太子劉盈很要好，

到時，我會讓劉盈陪我一起去見皇帝。如果劉邦要害我，太子也會幫我的。」

「紫鵑，你答應我們，一定不能激怒皇帝，如果談不攏，寧願放棄，也不能讓皇帝抓住把柄傷害你。」得到小嵐應諾後，殷嬙又對韓信說，「紫鵑這丫頭從來不幹沒把握的事，就讓她去試試吧！反正，有了發明紙張這功勞，皇帝即使不肯簽條約，也不會因提出簽約這回事留難妹妹的。」

韓信歎了口氣，說：「好吧！你一定要注意安全。紫鵑，哥哥有一個要求，即使皇帝不答應要求，你還是把造紙的方法給他好不好？畢竟這是利國利民的好事，不能讓這發明就這樣埋沒。」

小嵐說：「好的，就按哥哥說的做。」

韓信說：「我今晚就寫一份奏章，呈交皇帝陛下，再等候召見。」

小嵐搖搖頭說：「這樣太慢了。奏章呈上去要經過許多部門，一個月後都不知能不能到達皇帝面前。你寫好奏章就交給我，我明天就帶着奏章和紙去找太子，讓他帶我去見皇帝。」

第二十一章

皇帝偶像，給我簽個名吧

　　第二天，小嵐帶着韓信的奏章，帶着一卷紙，去皇宮找太子。

　　也真巧，在皇宮門口碰到了劉盈的車駕，原來劉盈正想去淮陰侯府找小嵐玩呢！

　　小嵐簡單講了發明紙的事，請太子帶她去見皇帝陛下。

　　劉盈展開紙卷，激動得語無倫次：「這上面真能寫嗎？啊，姐姐，你好了不起，了不起！謝謝天謝謝地，書寫的歷史要改變了，日後再也不用捧着那又重又寫不了幾個字的木簡讀書寫字了！哇！我馬上帶你去見父皇！」

　　說完，拉着小嵐的手，就往皇帝住的宮殿跑去。

　　見了門口站着的太監，劉盈說：「父皇在嗎？」

　　太監說：「回太子爺，陛下下朝剛回來，正在歇息呢！」

　　劉盈說：「快，快去稟報，說本太子有天大的事

情稟告！」

太監聽了不敢怠慢，急忙跑了進去，一會兒又跑了回來：「太、太子爺，陛下宣你進去。」

劉盈聽了，牽着小嵐的手就往宮裏走。

「太子爺，太子爺，陛下只説宣你，那小姑娘不能進！」太監在後面追着。

劉盈不管他，徑直走了進去。

劉邦坐在茶几前正在悠閒地喝茶。見到劉盈拖着個小姑娘進來，十分惱怒。其實他在賞花大會上見過小嵐的，不過那時小嵐是男裝打扮，所以他記不起來。

劉邦板着臉説：「她是誰，誰讓她進來的。」

這時太監追了進來，馬上跪地磕頭：「都是奴才不好，沒攔住。」

劉邦指着小嵐，説：「來人，把她拖出去。」

幾名御前侍衛就要來拉人。

「慢着！」劉盈護住小嵐，説，「父皇，她是紫鵑，是淮陰侯的義妹。她帶了一件寶貝東西來給父皇看。」

「哦？淮陰侯的義妹？」劉邦這才打量了小嵐一下。

一般人經歷了剛才的天子一怒，早已攤倒地上，

嚇得半死。但眼前這女孩子不但臉不改容，還那麼大膽地直視自己。劉邦心裏不由得怒火一躥一躥的：這韓信身邊的都是些什麼叛逆分子啊，他兒子敢指着自己罵「大壞蛋」，他義妹對自己竟然不下跪而且毫不畏懼。

小嵐一直氣定神閒地站在劉盈身邊，她當然不會怕劉邦了，還不是兩隻眼睛一個鼻子一個嘴巴的人一個？有什麼好怕呀？

更何況，小嵐這輩子見的皇帝多着呢！先說古代的，秦始皇嬴政、明成祖朱棣、唐高祖李淵、唐太宗李世民，還有現代就更多了，胡陶國烏龍國等等等等國王，更別說還有個對她百依百順的皇帝男朋友了！

劉邦雖然心裏生氣，但想想劉盈那句「寶貝東西」，又令他強壓下心中怒氣。之前的馬蹄鐵很好用啊，現在整個大漢的騎兵部隊都給馬匹裝了馬蹄鐵，不但令馬匹的使用年限延長很多，而且跑起來更快更穩。

先前下旨叫韓信再接再勵再好好搞些發明，莫非已有成果，又有好東西獻上？想到這裏，劉邦決定先不治這小姑娘不敬之罪，看看究竟是什麼寶貝再說。

「好吧！恕你擅闖皇宮之罪。快說，有什麼好東西要獻給朕？比馬蹄鐵還要好嗎？」劉邦的眼睛滴溜

溜地看着小嵐。

小嵐看着劉邦，心想，這個大叔怎麼有點賊眉賊眼的。心裏想着，嘴裏竟不知不覺小聲說了出來。

「你說什麼？」劉邦聽不清楚。

小嵐才知道自己說錯話了，忙掩飾說：「哦，我是說，皇帝陛下你長得好帥啊！」

「那還用說！」千穿百穿，馬屁不穿，劉邦拈拈下巴那撮尖尖的山羊鬍子，得意極了，心想這小姑娘真有眼光。

他坐直了身子，口氣明顯溫和了一點，又問道：「小姑娘，淮陰侯發明什麼寶貝了？」

小嵐正想開口，旁邊的劉盈早已按捺不住，他從小嵐手裏拿過紙，激動地走到劉邦面前：「父皇，這是比馬蹄鐵好上幾十倍的寶貝呢？您看您看，能寫字的紙，又輕又薄……今後再也不用那些笨重的竹木簡了！」

「咦！」劉邦面露喜色，他接過紙，「啊，這東西真能代替竹木簡用來寫字嗎？」

劉盈說：「是的。紫鵑姐姐已經試過了。」

劉邦吩咐身邊侍候的太監：「拿筆墨來！」

太監忙拿來筆，又急急地磨好墨，劉邦拿起毛筆，飽蘸墨汁，在紙上寫起字來。

劉邦越寫越順暢，寫了一堆字後，又拿起來左看右看，然後哈哈大笑起來：「真是寶貝，好寶貝！小姑娘，朕恕了你不敬之罪，快把這紙的製造方法獻出來。我要馬上成立作坊，大量製造。哈哈哈哈，這紙真是我大漢的祥瑞啊！這說明了我這個皇帝是何等的偉大、正確、天命所歸，才可以天降祥瑞給我大漢！」

小嵐皺着眉頭看着劉邦，心裏狠狠地鄙視了他一番，這個皇帝好自戀啊！

等到劉邦說完，小嵐說：「陛下，我們一定會讓大漢子民用上這又輕又薄的紙的。不過，我們要先跟你談談條件。」

劉邦臉上得意的笑容一收，滿臉不快：「什麼，竟然要跟朕談條件？」

小嵐點點頭，說：「沒錯。」

劉邦強按下心裏怒火，說：「講！」

小嵐說：「條件不多，只有三個：一、淮陰侯全家回淮陰居住，成立淮陰特別行政縣，由淮陰侯韓信兼任縣長。淮陰人治淮陰，二十二年不變；二、由淮陰人集資成立淮陰紙業發展有限公司，淮陰侯韓信任總經理。淮陰紙業發展公司擁有獨家生產、經營紙張的權利，權限二十二年。此二十二年內，任何官府或

173

個人均不得以任何理由奪取該權利。二十二年後，淮陰侯會自動放棄此權利，將造紙方法公諸於眾，任何人均有權生產或經營；三、有關條約由皇帝和淮陰侯共同簽署，並向天下頒布，由大漢子民共同監督執行。」

「大膽！」劉邦用手指着小嵐，氣得山羊鬍子一翹一翹的，「竟敢跟朕講條件，還是這麼刁鑽的條件！」

小嵐説：「皇帝大叔，其實時間不長哦，才要求二十二年不變。我們香港可是五十年不變呢！」

劉邦氣鼓鼓地説：「香港？什麼地方？我沒聽過！反正你提的條件我不能答應！」

劉邦氣得不行，這條件句句剜心啊！雖然讓小嵐的滿嘴現代用語繞得有點頭暈，但一些關鍵詞句他還是聽得明白的。如果自己答應的話，這二十二年裏自己就無法動韓信一根手指頭。還有，新興的造紙業是能掙大錢的呀，只要成為皇家實業，那自己就可以「數錢數到手抽筋」了。這到手的財路，怎可以送給韓信！

想到這裏，他又重複了一次：「你提的條件我不能答應！」

小嵐滿不在乎地説：「好吧！既然你不答應，那

就算了。不過，你也永遠不能使用這又輕又薄的紙，永遠不知道造紙的秘密！我走了，拜拜，不用送！」

「姐姐，別走！」劉盈急了，一把攔住小嵐，又對劉邦説，「父皇，答應吧！這條件並不苛刻啊！淮陰只是個小地方，就是給了淮陰侯，也沒什麼損失。何況才二十二年就可以收回。至於造紙，這是新事物，一般人都駕馭不了呢，讓發明人本身去生產經營，這最好不過了！父皇，要是你不答應，這造紙技術就從此湮沒了，多可惜啊！看，又輕又薄、寫字又流暢的紙啊！」

劉邦看着那張紙，心裏萬般不捨，但又不想答應那些條件，心裏好糾結，他氣呼呼地從身旁花盆裏扯下一朵花，一瓣一瓣地撕下來：「答應，不答應。答應，不答應。答應，不答應⋯⋯」

突然，他停了手，眼珠子滴溜溜轉了一圈，一個點子湧上心頭，不如先口頭答應了他們的條件，以後，我可以不承認啊！派個人去做內奸，暗中偷學造紙方法，然後，隨便找個理由，抓人、封屋、沒收財產、關閉公司⋯⋯

想到這裏，他把手裏的花朵一扔，説：「好，朕就答應你！答應你所有條件！」

劉邦打的什麼壞主意，瞞得過咱們聰明的小嵐

嗎？當然不能了！

小嵐馬上顯出一副開心的樣子：「太好了太好了，皇帝陛下，你太英明偉大正確了，你簡直是我的偶像！」

她從口袋裏拿出一張對摺着的白紙，說：「尊敬的皇帝陛下，為表示我對你有如長江之水滔滔不絕的敬意，請你簽個名，讓我每日頂禮膜拜。」

劉邦聽了，心裏那個高興啊，這個丫頭真好騙。哈哈，讓人每天對着名字拜拜，也不錯哦！

於是，劉邦拿起毛筆，懷着無比快樂的心情在上面簽了自己的名字。

小嵐喜滋滋地接過白紙：「謝謝陛下，謝謝偶像！那我走啦，過兩天再來看望你。拜拜！」

第二十二章

喜事連連

　　最近真是喜事連連啊！這個月，慶祝淮陰特別行政縣成立，韓信榮任縣長；下個月，淮陰紙業發展有限公司成立，韓信榮任總經理；再下個月，第一批紙推出市場，全國五十個銷售點被擠破了大門，人人爭相購買；再再下個月，韓信把造紙公司的全部收入用於教育事業，淮陰小學，淮陰中學，淮陰大學相繼建立，無數孩子得到免費教育。

　　淮陰人不再擔心沒工作做，不用擔心沒錢上學，不用擔心餓肚子，他們感激韓信，日日燒香拜神，求神靈保佑韓信長命百歲，永遠造福鄉民。

　　全國人民都把羨慕的眼光投到淮陰，只有劉邦恨得牙癢癢的，常常陰沉着臉望着淮陰方向：「都怪那個死丫頭……」

　　劉邦幹嗎那樣恨小嵐呢？聽聽下面這段對話吧！

　　韓信：「紫鵑，為兄有一事不明。」

　　小嵐：「什麼事呀？妹妹是很樂意為兄長解答

的。」

韓信：「你是怎麼說服陛下，簽了那份合約的？」

小嵐：「其實他並沒有被我說服。」

韓信：「難道你是強迫他簽的？！」

小嵐：「不是。他是很開心地簽上名字的。」

韓信：「為兄讓你給弄糊塗了。」

小嵐：「是這樣的。我那次入宮見劉邦談條件之前，就寫好了一份合約，帶在身上。本來想和平簽訂協議的，但恐怕皇帝陛下不願意。沒辦法，我只好扮他的粉絲，拿着一張摺起來的白紙，懷着無限崇敬的心情請陛下簽名，陛下被奉為偶像很高興，便樂呵呵地在白紙上簽了名。那張摺着的紙一打開時，上面是合約內容，下面是陛下的簽名，就成了一份手續齊全的合約了。

韓信：「原來是這樣。不過，用這樣的方法，會不會有點……」

小嵐：「不會啊！陛下已經口頭答應在先，我只不過把他口頭應承的寫在紙上，然後讓他簽名確認。對陛下這類非常之人，就得用非常的辦法。」

韓信：「……」

總而言之，小嵐的目的達到了，劉邦對着那張

有自己簽名的合約，也無可奈何，身為皇帝要守承諾啊！

有一次，殷嬌有點奇怪地問小嵐：「紫鵑，你擬的那份合約，為什麼不是二十年或者三十年，而是二十二年？」

小嵐說：「嘿嘿，我隨便寫的。」

殷嬌溺愛地看着她，心想這小丫頭絕對有原因，只是不講罷了。

殷嬌想的沒錯，以小嵐的高智商頭腦，怎會「隨便」呢！這是因為她知道，六年後劉邦就去世了，而呂后則二十一年後才去世。這就是說，二十二年后，沒有了劉邦，也沒有了呂后，那時的大漢天子，一定不會再一天到晚想着害韓信，即使不委以重任，也不至於把他殺死。這樣，韓信就徹底安全了。

只是，這些都不能告訴殷嬌啊！

來大漢一趟，救了韓信一命，小嵐覺得不枉此行了。她開始想念原來時空的親人朋友，想念萬卡哥哥了。

她作好了隨時離開的準備。但是，她放心不下楊婆婆，要是她唯一的孫女兒不見了，那將會是多麼沉重的打擊啊！但真正的紫鵑去了哪裏呢？

一個陽光燦爛的早晨，惠兒天兒一大早就來敲

門，天兒咋咋呼呼地説：「紫鵑老大，聽説河裏又發現有史前魚了，咱們今天去碰碰運氣，看能不能抓幾條。」

小嵐説：「怎麼，今天不管飯店的事了？」

這兩個傢伙不愧是成功商人的子女，這一年來，不但把原來的「食得樂」飯店搞得紅紅火火，而且還開了兩家分店。

惠兒説：「我們請的掌櫃已經可以獨當一面了，我們不在他都能管理得井井有條呢！我們好久沒一塊出去玩了，去嘛去嘛！」

小嵐跟楊婆婆説了一聲，就和惠兒天兒一塊走了。

走不多久，就到了村口那條清澈的小河邊，小嵐記得天兒説過，她穿越到這裏時，就是被人從這條河裏撈上來的。

「哪裏有史前魚呀！」小嵐看着清清的河水，別説是史前魚，連隻小蝦都沒看見。

「等一會吧，可能史前魚還在睡覺呢！」

傳來撲通撲通的聲音，原來是惠兒坐在河邊，脱了鞋子，把腳放進水裏，一下一下地拍着。

「姐姐，看你，把史前魚都嚇跑了！」天兒撅着嘴巴，很不高興。

更響的撲通撲通的聲音，原來小嵐也加入了「撲通」的行列。天兒委屈地大喊：「你們欺負人！」

　　「撲通撲通，撲通撲通……」

　　「氣死我了！」天兒用拳頭捶胸口。

　　「撲通撲通，撲通撲通，撲通撲通……」

　　天兒氣得想用頭去撞樹，正當他想找棵撞起來不那麼痛的小樹苗時，有個飯店小伙記匆匆跑來：「不好了不好了，店門口排隊拿不到籌的人吵起來了，掌櫃叫你們快去幫忙。」

　　「撲通撲通」的聲音馬上停止了，想撞樹的也不撞了。惠兒和天兒還是挺有責任心的，他們準備馬上趕回飯店。惠兒拉着小嵐的手，央求說：「紫鵑，好紫鵑，來幫幫忙好不好！」

　　小嵐搖搖頭說：「不，還是你和天兒去吧！你們能處理好的。加油！」

　　「加油！」惠兒和天兒一起握了握拳頭。

　　天兒說：「紫鵑老大，你等我們啊，我們很快回來的。」

　　兩姐弟匆匆走了。

第二十三章

真假紫鵑

小嵐正準備找個有樹蔭的地方坐坐，忽然見到迎面來了一個女孩……

小嵐看到那女孩的模樣馬上愣住了，迎面走來的那個女孩看到她也愣住了，她們一齊停住了腳步，目瞪口呆地看着對方——怎麼對面的女孩跟自己長得一個樣？！

小嵐很快就醒悟過來了，她幾乎可以肯定，這女孩是楊婆婆的孫女，正版的紫鵑。

之前她還覺得很奇怪，怎麼所有人都把自己當成紫鵑呢？原來，自己跟紫鵑長得這麼像！

小嵐想明白了，但對面的女孩仍震驚着，瞠目結舌地訝異着怎麼天底下竟然有跟自己這樣像的人。

小嵐走前一步，問道：「請問，你是不是叫紫鵑？」

女孩好不容易回過神來，她點點頭：「是呀，你怎麼知道？你是誰？怎麼跟我長得這樣像？」

女孩一連問了很多問題。小嵐拉着她的手，親切地說：「我們找個地方坐下來談談。」

女孩見小嵐和藹可親，不像個壞人，而且她也很想知道這跟自己長一模一樣的女孩是什麼人。她點點頭，溫順地跟着小嵐走到一個安靜的地方坐了下來。

小嵐問道：「紫鵑，我想問你，你這段時間上哪裏去了？」

紫鵑說：「那天，我家小姐和少爺帶着我來到這條小河，少爺要我下河幫他捉魚。這條河本來不深，但不知道為什麼，那天我下河之後，突然就沉了下去，接着又被湧動的水沖走了。我以為自己一定被淹死了，幸好被下游一對放牛的夫婦見到了，把我救了上來，又帶回他們家細心照料着。」

小嵐不解地問：「你怎麼不趕快回家呢？你不知道奶奶會掛念你嗎？」

紫鵑說：「唉，是因為我被水沖走時，腦袋被石頭撞了一下，受了傷，什麼都記不起來了。幸好那對夫婦，即是王大叔王大嬸找來大夫替我看病，又細心照顧我，我才慢慢好了起來，又慢慢恢復了記憶。當我一記得往事時，大叔大嬸就馬上把我送回來了。」

小嵐說：「幸虧你碰到好人。咦，他們現在呢？」

紫鵑説：「他們把我送到村口，就走了。我想讓他們跟我回家，讓我奶奶好好謝謝他們，但他們説，小事而已，不用謝，就走了。不過，我以後一定會找時間，和奶奶一道去謝謝他們。」

　　小嵐點點頭，説：「一定要！」

　　紫鵑又問：「那你呢，你又是什麼人？為什麼會在這裏？」

　　「我叫小嵐，我來自……」小嵐想了想，還是別讓人們知道自己來自兩千多年後，免得嚇壞了他們，便説，「是這樣的，我是孤兒，前不久流浪到這裏，我下河洗手時不小心掉河裏去了，被惠兒天兒救了起來。他們都把我當成是你了，把我帶回你家。我怕你奶奶找不到你會難過，便將錯就錯，做了你的替身。現在好了，你回來了，我也可以離開了。你奶奶現在很好，你趕快回家吧！」

　　「不行，你不能走！」紫鵑聽了，激動地拉住小嵐説，「小嵐，真太謝謝你了。我自從記得自己家裏還有個奶奶之後，就一直很擔心，擔心奶奶這麼長時間沒找到我會很傷心，還擔心奶奶沒我照顧不知道會不會生病。幸好這段時間你代替我在奶奶跟前盡孝，我不知道怎麼感激你才好！紫鵑，你既然是個孤兒，就留在我家吧！我們就像一家人一樣，在一起生

活好嗎？」

小嵐看着紫鵑，微微一笑：「謝謝你紫鵑。我就知道，以楊婆婆這樣的好人，她的孫女一定是個好女孩，現在看來果然沒錯。謝謝你的好意，但是我並不屬於這裏，我無論如何是要走的。」

紫鵑再三挽留，但無奈小嵐還是搖頭。紫鵑沒辦法，只好說：「那你再住一段日子再走吧，好不好？」

其實，小嵐也很想回去再見見韓信和嬋姐姐、可愛的小恪兒，還有慈祥的楊婆婆和惠兒天兒，起碼跟他們告別一下。但是現在真紫鵑回來了，很多事情無法解釋，她可以瞞過紫鵑，但肯定瞞不過其他人，所以，還是現在馬上離開好了。

但是，她無法狠心地拒絕紫鵑，只好撒了個謊：「好，你先回去吧，我約好惠兒和天兒在這裏見面的，等他們來了，我就回家。」

紫鵑猶豫了一下，本想等小嵐一塊回家，但半年沒見奶奶挺想念的，便說：「早點回來啊，我在家等你。」

紫鵑見小嵐點了點頭，才匆匆地跑了。小嵐心情惆悵地看着她消失的背影，心想，再見吧，大漢的朋友們，後會無期！

該是回現代的時候了。怎麼回去呢？小嵐坐在河邊的垂柳下，發起愁來了。自己來的時候，是在河裏被救上來的，難道要從水裏回去？不行不行，這麼危險的事，是不能做的！

　　怎麼辦？小嵐想着想着，靠着樹打起瞌睡來了。

　　不知過了多久，有人在使勁搖她：「喂，起來囉，起來囉！」

　　小嵐醒了過來。她擦了擦眼睛，見到一個女孩和一個男孩分別抓住她一隻胳膊，在搖啊搖。

　　小嵐指着女孩説：「你怎麼胖了？」

　　又指着男孩説：「你怎麼瘦了？」

　　女孩嘴一撇，氣鼓鼓地説：「我哪有胖了，人家不知有多苗條！」

　　男孩咧開嘴，笑嘻嘻地説：「啊，我真的瘦了？本來嘛，我就是英俊瀟灑玉樹臨風高大威猛帥哥一枚！」

　　忽然，小嵐眼睛一亮，猛地坐起來，用手指着女孩男孩：「你你你你、你們是誰？」

　　女孩男孩目瞪口呆地看着小嵐。小嵐指指女孩：「曉晴？」

　　女孩猛點頭。

　　小嵐又指着男孩：「曉星？」

男孩猛點頭。

「哈哈哈哈哈，我回來囉！」小嵐高興得摟住兩個好朋友，大笑起來。

公主傳奇18

被囚禁的公主（修訂版）

作　　者：馬翠蘿
繪　　畫：滿丫丫
責任編輯：葉楚溶
美術設計：陳雅琳

出　　版：新雅文化事業有限公司
　　　　　香港英皇道499號北角工業大廈18樓
　　　　　電話：（852）2138 7998
　　　　　傳真：（852）2597 4003
　　　　　網址：http://www.sunya.com.hk
　　　　　電郵：marketing@sunya.com.hk

發　　行：香港聯合書刊物流有限公司
　　　　　香港新界大埔汀麗路 36 號中華商務印刷大廈 3 字樓
　　　　　電話：（852）2150 2100
　　　　　傳真：（852）2407 3062
　　　　　電郵：info@suplogistics.com.hk

印　　刷：中華商務彩色印刷有限公司
　　　　　香港新界大埔汀麗路 36 號

版　　次：二〇二〇年八月初版

ISBN：978-962-08-7571-7